U0124697

水陆交通博物馆

DANG DAI　BO WU GUAN
CONG SHU
SHUI LU JIAO TONG
BO WU GUAN

（豫）新登字 03 号

顾　　问　汤文杰
主　　编　杨巨钧
副 主 编　毕仁忠
策划组织　王　卫　韩　冰
编　　委　马万军　方　海　王立德
　　　　　邓　洋　孙　敏　毕仁忠
　　　　　汤文杰　吴德心　杜　娟
　　　　　杨巨钧　常耀华　潘振锋
版式设计　张　森　寒　月
责任编辑　韩　冰
美术编辑　王翠云

出　　版　河南教育出版社
发　　行　河南省新华书店
承　　印　深圳新海彩印有限公司
　　　　　880×1230毫米　大16开本　13.75印张
　　　　　1995年12月第1版　1997年9月第3次印刷
书　　号　ISBN7-5347-1396-X/Z·56
定　　价　69.00元

出 版 说 明

为了弥补我国文博事业之不足，提高全民族的文化素质，普及科学文化知识，很久以来，我们一直想为广大读者，特别是少年儿童，出版一套以真实图片为主的知识读物，让读者既能读到丰富的知识，又能直观地感知客观世界与人类文明。《当代博物馆丛书》的正式出版，实现了我们这一夙愿。

《当代博物馆丛书》共分 10 册，包括《天文博物馆》、《地理博物馆》、《植物博物馆》、《动物博物馆》、《海洋博物馆》、《航空航天博物馆》、《水陆交通博物馆》、《艺术博物馆》、《社会历史博物馆》、《体育博物馆》。这套书以精美真实的彩色图片为主，配以丰富生动的文字，科学系统地介绍自然、社会与艺术知识，展示当代的科学技术成果和艺术珍品，描绘科学技术与社会发展的历史进程，讲述著名科学家、艺术大师及其他著名历史人物的生平轶事。《当代博物馆丛书》就像一个个知识画廊，打开这些书，就如同走进了自然、社会、科学与艺术的博物馆，在这里你能遍览今日，回顾历史，展望未来。

我社策划、组织、出版这套书，历时四载。在这四年中，我们投入了大量的资金和精力，得到了中国科学院有关研究所、中国社会科学院、中国艺术研究院、北京天文馆、交通部科技信息所等单位的专家学者和热心教育事业的仁人志士的鼎力相助，尤其是那些参与创作的中青年学者，他们为之竭尽全力，花费了很多心血。在此，我们真诚地表示感谢！

我们相信，《当代博物馆丛书》一定能为普及科学与艺术知识、传播人类优秀文化，为少年儿童的健康成长，起到促进作用，一定会受到广大读者的喜爱。

河南教育出版社

1995 年 6 月

目　录

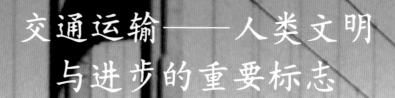

交通运输——人类文明与进步的重要标志

"行"是社会活动的一个极其重要的方面。船舶、车辆是水陆交通的主要工具，与人们的日常生活、社会的经济发展以及国防事业息息相关。包括航空在内的交通运输事业关系着国家的命脉，是基础产业和经济发展的先行。任何一个国家的交通一旦陷于瘫痪，其后果是不堪设想的。

和过去对比，今日世界各国的水陆交通，可以说是相当发达了。它不仅可满足人们客货运输的不同需求，而且便利、舒适、安全、可靠，日行千里已经不在话下。但是，便利的、现代化的交通并不是在一夜之间骤然形成的。不论哪种交通工具，或是与其相适应的航道、港口、码头、道路、桥梁等基础设施，都是从它的原始形态逐步发展变化而来的，从原始到现代化，经历了几千年的漫长岁月。其演变的大体轮廓，读者从本书中可窥见一斑。

水陆交通是伴随着科学技术的不断进步而日益发展的。19 世纪以前，所有的船舶都是依靠人力或风力驱动的。蒸汽机，特别是 1765 年英国发明家瓦特对原始的蒸汽机做了一系列重大改进之后，不仅在工业革命中发挥了巨大作用，同时，对水陆交通也产生了深远影响。继 1769 年法国古诺试制蒸汽机三轮车之后，1807 年，美国发明家富尔顿试制的"克莱蒙特号"汽船宣告成功。这艘航行在纽约哈德逊河上的白天吐烟、夜间喷火的"怪物"，把一艘艘帆船远远地甩在了后边。"克莱蒙特号"的诞生，标志了一个崭新的船舶时代的开始。

　　轮的发明为人类造福不浅。大约在公元前 3500 年,在底格里斯河和幼发拉底河肥沃的三角洲上,一位撒马利亚人绘制了一辆样子非常古怪的殡仪车。这是关于轮的最早记录。如今,在世界各地,每天都有数以亿计的车轮,昼夜不停地在各种道路上或轨道上滚动,担负着陆上交通的重任。其中,有的在高速旋转中弹奏出现代科技发展的最强音,但也有不少古老的牛马大车仍然吱吱嘎嘎地在一些城乡道路上缓慢运行,不断地发出旅途艰辛的呻吟。

　　中国是一个文明古国,有五千年的文明历史,历代的能工巧匠,为发展水陆交通,曾经做出过许多杰出的贡献。

　　指南针是古代中国的一项重大发明。公元前战国时期使用的司南,就是用磁石琢磨而成的勺形指南器。大家知道,浩瀚的海洋一望无际,海上航行靠的是什么呢?长期以来,靠的是日月星辰进行导航,一旦碰上阴雨天气,船员们就束手无策了。史料表明,突破这个技术难关的是中国。在公元 1119 年朱彧所著的《萍洲可读》一书中,就有"舟师识地理,夜则观星,昼则观日,阴晦观指南针"的记载,可见至迟在北宋时期(公元 960—1127 年),指南针就已经应用到航海上。这项技术后来传播到世界各国,在发展远洋航运中发挥了重要作用。

　　郑和七下"西洋",被誉为世界航海史上的一大壮举。他从公元 1405 年到 1433 年的 28 年间,曾经 7 次率领庞大的船队远航东南亚和东非,足迹遍及 30 多个国家,不仅开辟了亚非的海上交通,还为世界地理大发现铺平了东方航路。

　　运河是中国古代的伟大工程之一。中国主要水系的走向都是由西往东,要把它们沟通起来,非得开凿运河不可。古运河工程始于公元前 487 年(春秋鲁哀公八年),完成于公元 610 年(隋大业六年)。隋以前的南北运河经过 1000 多年的零星开凿,到晋代已略具雏形。隋炀帝即位后,开展了几次大规模施工,终于完成了京杭运河的全线工程。京杭运河全长 1700 多公里,就长度而论,远远超过了苏伊士运河(160 多公里)和巴拿马运河(80 多公里)。

　　在古代桥梁建设上,中国一直处于领先地位。被世界公认为桥梁工程杰作的河北省赵县的赵州桥,是隋代著名工匠李春主持建造的,创建于大业年间(公元 605 年),到现在已有 1390 年的历史。赵州桥的大石拱是略小于半圆的一段圆弧形,古人形容它既像是初出云层的一轮新月,又像是雨后初晴时天上的长虹。在大石拱的双肩上,还有两个圆弧形小石拱,这是非常巧妙的、具有高度科学性的创造。这种拱上加拱的"敞肩拱"的桥型,在欧洲直到 14 世纪才出现,那就是法国泰克河上的赛雷桥,但早已毁坏。它比赵州桥晚建 700 多年。

　　纵观整个水陆交通的发展历史,可以看出交通运输事业直接影响着社会的文明进程,在人类发展史上起着愈来愈重要的作用。如今,时代的列车正载着我们,迎着新世纪的曙光,驶向更加美好的未来。

船　　舶

　　在繁忙的码头上，高大的起重机转动着长长的吊臂将一件件货物从船上卸下，又将另一批货物装到船上运走。这种利用船舶运送货物的作业，就是水路运输。

　　以船舶作为运输工具的水路运输在人类社会发展中起什么作用呢？这可以用一件事来说明。当你打开世界地图时就会发现，世界各国的大城市和重要工业区中有一多半位于海岸和河边。这是为什么呢？原来，这种城市向河、海靠拢的现象是在几百年来经济发展过程中形成的。工业革命以后，生产规模迅速扩大，所需设备和原材料日益增多，必须从外地甚至外国运来，产品也要外销，物资交流量与日俱增。物资交流自然离不开运输，可是，一直到上个世纪中期，铁路和公路运输还都没有形成强大的运力，只有船舶有能力承担此项重任。因而工业企业为了方便的运输条件而向海岸河边靠拢也就顺理成章了。此外，靠近河流还能解决诸如城市供水等一系列问题，于是港口城市和沿河、沿海工业区也就逐渐形成。以后，尽管生产规模和技术发展到了更高的阶段，但这种城市在水边发展的总的格局却没有改变。

　　可以说在现代社会中，任何一个国家的经济发

远洋轮"耀华号"。10190 总吨，载客 800 人，营运航速 22 节

海上货船

展都离不开对外贸易,并进而与海上运输密切关联。素有"工业大国,资源小国"之称的日本,对外贸和海运的依赖非常大。据统计,仅 1986 年,日本就进口石油 16560 万吨、煤炭 8445 万吨、铁矿石 11523 万吨、粮食 2788 万吨。如果没有庞大的海上商船队运进如此大量的原材料,日本的工业必将成为无米之炊。所以,日本将海运业看成是它的生命线,也就不足为奇了。所有国家,包括那些没有海岸线的内陆国家,只要一有可能就要努力发展自己的海运业来满足其发展国民经济的需要。从第二次世界大战以后到 70 年代中期,海运业持续发展,世界商船保有量(以吨位计)大体上每 10 年翻一番。在扩充商船队方面,各工业发达国家都是急先锋,拥有庞大的商船队。应该说明的是,有的海运大国把它的商船隐藏在"方便旗"下面,以致统计资料不能反映真实情况。

船舶是水上运载工具,可利用人力、风力或机器推进,广泛用于交通、运输、捕鱼、港湾服务和作战等。在现代,船舶一词通常是指能航行于公海的

500 吨以上的船,而艇这个词则是指比较小的船(潜水艇除外)。船舶不仅种类繁多,而且用途广泛。

在各种船舶中,用于运送旅客和货物的运输船舶占有最重要的地位,而且按吨位计算,数量也最大。它们和供其航行的航道、供其停泊以便上下旅客和装卸货物的港口一起构成了现代交通网中水路运输的物质基础,为国民经济提供运输服务。和运输网中的其它运输工具(汽车、火车、飞机、管道)相比较,船舶的优势是载重量大,可以完成大量的货运任务;运输成本低,相应的运费也较低;可以运送长的、重的和体积庞大的货物,像汽车、火车头、车皮等都可以整体地装载上船,这是其它运输工具所望尘莫及的。它的弱点是航行速度低,旅途耗时长,所以在客运业中处于不利的竞争地位。本世纪 50 年代以来,海上长途客运受到喷气式飞机排挤,内河客船则败在汽车轮下,不得不退出竞争,转而在旅游业中另辟蹊径以求得生存与发展。而货运船舶尤其是远洋货船,则在世界贸易往来中占据着不可动摇的主力军地位。

当洪水来了的时候，原始人由于借助于被冲倒的树木漂游，而可能幸免于难。

中国黑龙江下游还在使用的独木舟

出土的西汉前期的木板船

船舶的前天和昨天

无论是在海、河岸边，或是在影视屏幕、书刊画页中，我们看到那些有几层楼高、上百米长，能承载上千名旅客、上万吨货物，却又轻飘飘地浮在水面上的庞然大物时，难免要提出一个问题：最初的船是什么样子，它又是怎样走过自己的发展路程的？

船舶的"先行者"

古代人在生产、生活中，常常受到河流的限制。较小的河流尚可涉水而过，对于水深流急的大河就只能望而兴叹了。可能是在偶然情况下，古代人发现用手臂挎住或骑在浮于水面的树木上，或是抱住一个葫芦，就不会沉向水底，甚至能随之漂向对岸，这样就克服了河川障碍。后来又有人将两根或更多的树干并排地连结在一起，解决了单根树干翻转时"骑者"落水的问题，而且这时人的双手是"自由"的，可以从事其它作业。这就是木筏的原始形态。其实，这些都不能算是"船舶"，只不过是可以用作渡水工具的天然材料而已。

前天和昨天的船

最原始的船舶是人类掌握了石斧砍凿和用火技术之后用巨大原木制成的独木舟。独木舟已经具备了船底、船舷和船舱，可以乘人载物，故可视为船舶的"始祖鸟"。在中国出土的独木舟，经考古学家鉴定，已有 7000 年的历史。

从《清明上河图》画卷中可看出，宋代内河船已具有桅、篷、舵、锚、橹等装置。

独木舟虽已具备了船舶的基本要素,但却因造船材料的限制,尺寸不可能太大。乘人载物的数量当然也不会太多。用许多块厚木板按照一定形状拼装成的木板船就打破了这种限制,船的容量比独木舟增加了许多倍。考古学家认为,建造木板船是人类掌握了古老的冶金技术,能用铜、铁制造劳动工具以后的事。推动船舶前进的桨、篙等也同时出现。时间据推断不晚于夏代(约前21世纪~约前17世纪)。这时使用的动力是人力。在船的结构上已设有增加横向强度的横梁和将船舱分隔开来的隔板。后者能保证船体局部受损时整船仍能保持一定的浮力。

春秋战国时期的内河战舰,可载40多人。

利用自然界无穷无尽的风力推进船舶是水上交通技术的又一巨大进步。它将人类的航行范围从内河和近岸海域推向茫茫大海。在掌握海上航行技术的同时,人类又掌握了利用日月星辰确定航行方向的技术。

汉代有尾桨的多桨木船(模型)

随着造船技术的改进,利用舟楫的规模也愈来愈大。从史书记载中可知,早在中国春秋战国时期(公元前770~前221年),一个诸侯国在一次军事行动中就可以动员成百上千艘大型船舶。两汉期间(公元前206年~公元220年),中国的造船技术和航海业进一步发展,开辟了进入东南亚国家的"海上丝绸之路"和抵达日本的航线。在以后的几个朝代里(唐、宋、元),中国的丝绸、瓷器、茶叶等货物源源不断地经由海路输往国外,形成了中国历史上的海运繁荣时期。

明代出使琉球的官船

中国航海史上的一次伟大壮举是明代(1408年)由航海家郑和率领2.8万余人,分乘百余艘大型帆船遍访南亚、东非各国。他在前后28年期间共进行了7次这种远程航行,这是历史上前所未有的。郑和在远航中乘坐的船称为"宝船"。据文献记载,郑和宝船长44.4丈、阔18丈(均为明制,折合

明代航行日本的厦门船

哥伦布乘坐的"桑塔·玛利亚"号（复原图）

米制为长约 151.8 米、宽 61.6 米），航行时张 12 帆。宝船的吨位估算为 1500 吨（另一说为 2500 吨）。这样的帆船在当时被称为"船中之王"是当之无愧的。当然，它还说明了中国的造船技术已经达到了很高的水平。这一时期的中国帆船是世界上最大型、最牢固、适航性最优的船舶。遗憾的是，自明朝中叶以来，由于统治者推行闭关锁国的政策，中国的航海事业逐步趋于衰退。

在郑和首航南洋以后 80 余年，欧洲人也用帆船进行了几次远航，最著名的是哥伦布于 1492 年率 3 艘帆船横越大西洋抵达美洲，麦哲伦率 5 艘帆船组成的船队于 1519～1522 年完成的人类历史上第一次环球航行。

帆船从出现到被机动船取代的千余年间，一直是海上客货运输的主要力量，对于东西方的文化交流和商品互通有无，都起了不可泯灭的作用。

郑和宝船（模型）

原始的机动船

蒸汽机的出现为工业生产提供了强有力的动力,推动了工业革命。美国人富尔敦将蒸汽机搬到了船上作为动力装置,引起了船舶的一次技术革命。从此船舶摆脱了靠天吃饭,即听凭变化无常的风来摆布其命运的日子。即使无风,甚至在逆风中,蒸汽机船也能保持既定航向驶往目的港。在机动船问世后的初期,大多是将动力机装在木质船壳上,以后随着冶金工业的发展,铁壳船逐渐增多,最终将木壳船排挤出了远程船舶的行列。船舶进入了蒸汽机船和铁船时代。

铁壳蒸汽机船的船体系用铁板铆接而成。蒸汽机装在船体中部,燃料为煤。货舱设在机舱的前方和后方,各舱间设有水密横隔壁以确保在船体局部受损、一舱进水时,船舶仍能保持必要的整体浮力。

关于机动船的推进装置,设计师们的思路并没有脱离传统的船桨,只不过是把排成一行由人力同时划动的桨改成装在轮子上轮番拨水的桨轮罢了。轮上的桨不停地运动,顺序地浸入水中向后拨水使船前进,然后升出水面前移准备再次入水。许多桨叶轮番划水就形成了连续的推动力,使船以均匀的速度不停顿地前进。因为桨轮有一大半露出水面,所以人们叫它明轮船。在船体两侧中部各设一个桨轮的叫"腰明轮船",只在尾部装一个宽桨轮的叫"尾明轮船"。由于最初的机动船是用明轮驱动的,所以汉语中称机动船为"轮船"。后来习惯上又将一些船如客船、货船、油船等称为客轮、货轮和油轮。

明轮船在使用了几十年之后,逐渐暴露了它的弱点:随着船舶尺度加大和航速提高,明轮的尺度愈来愈大,逐渐变得不便使用,再加上明轮必须大部分露出水面,推进效率也不高,于是,用新研制出来的螺旋桨取代明轮的呼声日益高涨。为此,在双方的拥护者之间展开了颇为激烈的争论。这种争论一直到1845年两种船进行了一场真刀真枪的"拔河比赛"之后才告一段落,明轮最终让位给螺旋桨。

明轮船与螺旋桨船的"拔河比赛"

螺旋桨船问世以后,很快就与明轮船展开了竞争。由于双方都有拥护者,争论也颇为激烈。为了明确二者究竟孰强孰弱,英国海军于1845年4月在风平浪静的水面组织了一次别开生面的"拔河比赛",对手分别是明轮船"阿莱克特号"和螺旋桨船"拉特勒号"。它们吨位相同,都是800吨;蒸汽机功率相等——200马力。在"拔河"刚开始时,双方势均力敌,相持不下,但随后"拉特勒号"就占了上风,拉着极力挣扎的对手前进,航速达到了2.8节(1节=1海里/小时,2.8节约合5公里/小时)。这次"拔河比赛"动摇了英国海军对明轮船的信心。在后来举行的几次"赛跑"中,明轮船也屡次败北。几次对抗赛和大量实际航行经验为螺旋桨取代明轮提供了依据。

尾明轮船

此后螺旋桨成为船舶的主要推进装置。不过,自本世纪50年代以来,为了让水上旅游者重新领略上个世纪人们乘坐明轮船的感受,又在一些现代旅游船上重新装上了明轮推进装置。

铁壳船虽然比木船好得多,但铁板仍然是强度较低、延性和展性较差的材料,所以,一旦有性能更好的造船材料(如钢材)可供选用时,造船界立即摒弃铁板而采用钢材。钢材不仅在延性和展性方面优于铁,而且强度也高。所以,自上个世纪60年代初转炉和平炉炼钢技术出现并得到推广以后还不到20年,英国造船界即致力于建造钢船,还对船舶结构设计作了重大改进。从此,钢材便成了造船的主要材料,直至今日。

本世纪初的远洋货船

20世纪初人们就已认识到焊接比铆接好,但直到第二次世界大战焊接法造船才得以广泛采用。二战以后,全焊接船在世界上得到推广。

方便旗

一些发达国家的航运公司为了逃避在本国缴纳高额赋税或为了在工资低的第三世界国家雇用船员而将其船舶在别国(地区)登记入籍,悬挂该国或地区的旗帜,这种旗就称为"方便旗",船舶称为"方便旗船"。允许别国船舶在本国(地区)登记入籍的国家称为"开放登记国家",通称"方便旗国家"。事实上,方便旗船的运输业务和航行均由它所属的航运公司安排,而不是由开放登记国家管理。由于方便旗的原因,有的开放登记国家虽然没有多少自有船舶,但却在世界船舶保有量统计表中拥有庞大的船队。开放登记国家(地区)共有10余个,主要有利比里亚、巴拿马、塞浦路斯、巴哈马群岛等。

船级社

船级社,又称船级协会,是从事核定船级的行业组织。它由船东、造船业、保险商、运输业等有关方面的人员参加组成。主要业务有:接受船舶经纪人和保险商的委托办理船舶的监造、检验和核定船级的工作;接受本国或他国政府的授权核发船舶证书等。船级社发布的《船舶入级及造船规范》均被视为造船的技术依据。世界上各海运发达国家均建有船级社,其中英国劳埃德船级社(简称劳氏船级社)历史最悠久,规模亦最大,拥有很高的威信,在所有的船级社中居于"排头兵"的地位。

航行性能

船舶的航行性能,通常包括以下几个方面:

1.浮性。这是船舶的基本性能,指船舶在一定装载情况下具有浮在水面(或浸没于水中)保持平衡位置的能力。

2.稳性。即船舶在外力作用下偏离其平衡状态而倾斜,但当外力消失后,船舶仍能自行恢复其原来平衡状态的能力。

3.抗沉性。指船体破损浸水后仍能保持一定的浮性和稳性而不致沉没或倾覆的能力。对于一般货船而言,均要求能达到"一舱进水不沉"。

4.快速性。指船舶以较小的功率消耗维持一定航速或以一定的功率消耗维持较高航速的能力。

5.耐波性。指船舶在风浪海况下航行的能力。

6.操纵性。指船舶保持稳定航向和依据指令迅速改变航向的能力。

在船舶性能中的另一重要内容是"续航力"。这是指船舶在将各种备品补充足额后能够完成的最大航行距离。对于远洋船舶而言,一般均要求其从港口出发后能够抵达世界上任何一个港口而无需中途补充备品。

船舶的吨位

船舶的大小用"吨"来表示,"吨"又有排水量吨、载重吨、总登记吨等几种。一个国家船队规模的大小,也用这些单位表示。排水量吨表示船浮于水中,船体所排除的水的总重量,也就是船的总重量。标准排水量吨常用于衡量军用舰艇大小,一般是指全装备的舰艇排水量,其中包括人员配备及必需品,但不包括燃料、滑油、淡水等。载重吨表示船舶能装载的最大重量的吨数。在此总数中,除货物重量外,还包括燃料、食品、锅炉用水、饮用水、船员和行李等。总登记吨,简称总吨。这是国外最常用的表示商船大小的统计单位。它的计算方法是从船体包围容积中扣除甲板以上用于推进、航海、安全和卫生等方面的舱室容积以后得出的全部容积,再以每100立方英尺为1总吨折算得出。在总吨和载重吨之间没有固定的比值,但对大、中型货船和油轮而言,1总吨大约相当于1~1.5载重吨。

现 代 船 舶

船舶的每一发展几乎都是因经济需求而促成的。19世纪后期争创横渡大西洋航行纪录的热潮，极大地推动了造船技术的发展，各轮船公司竞相采用新技术。到1847年，远洋定期客船的航速已达16节，7天便可横渡大西洋，其排水量已超过5000吨。1881年，7000～8000吨级船舶的航速已达20节。1935年，将近8万吨级的"诺曼底号"邮船的平均航速超过30节，横渡大西洋只需4天多点时间。第二次世界大战期间，美国的自由型船曾创造了铺龙骨后10天下水、下水4天完工交船的最高造船速度。战时采用的大量生产船舶的方法，如焊接、机械和设备的标准化，以及首创的多种专用船艇，对以后造船技术的发展产生了重大影响。核动力推进和水翼技术在船舶上的应用，是战后的两大技术进展。本世纪60年代开始的集装箱运输方式，引起了海运业的一场革命。如今，集装箱船、散货船、油船、滚装船、渡船等各种船舶担当着水路运输的主力作用。

海 上 客 船

船舶的组成

作为水上运载工具，船舶有两个最重要的组成部分：一个是用来接纳乘客和货物的船体；另一个是推动船舶前进的动力推进装置。

船体 船体是船舶最重要的组成部分。船体由构成骨架的骨材和作为包覆材料的板材构成，包括主船体和上层建筑两部分。主船体指首尾贯通的上甲板以下的部分，由船底、舷侧、甲板、船端舱壁等结构件组成；上层建筑是指上甲板以上部分，这里布设着船舶指挥驾驶、通信导航等设施以及船员居室等生活设施，客船则将大部分客舱设于甲板上方。

船体必须承担整条船的重量，包括船本身的重量和全部客货的重量。而且这种重量并不是沿船舶全长均匀分布的，而是有的地方大，有的地方小。当船在波浪中航行时，舱中的货物，特别是液货（如石油）和干散货（如煤炭、散粮等）也会移动而使货物重量分布发生变化。波浪与船舶间相互位置的变化也会使船体频繁出现"中拱"、"中垂"现象，所有这些都会使船体发生变形（弯曲和扭曲）。这些变形若超出了允许的范围必将造成难以想象的后果。所以

船体必须有足够的总体强度来抵抗这些作用力,即使它们同时作用于船体,也必须完全保持原来状态。此外,还有一些作用力如船机的振动力、风压力、水对船舷的侧压力、波浪的拍击力等等也必须在船体强度中予以考虑。另外,还要考虑船体外板受海水腐蚀等问题。

针对船体所受的巨大负荷和复杂多变的环境条件,船体被设计成由船底、舷侧、甲板构成封闭的壳体。

在船体外板里边,是由长短不同、形状各异、厚薄大小不一,称为桁、梁、板、肋、肘板等等的各种板材和骨材构成的船体长箱形结构。它主要由船底板架、舷侧板架、甲板板架和舱壁板架等几部分组成。

船底板架是支持全船各个部分的基础。在现代大、中型船舶上,船底多为平板型。它由位于船体中心线上,纵贯整个船体的中桁板及其两侧的侧桁板、用于加强船体纵向强度的纵骨、保证船体横向强度的横肋板等众多构件组成。仅在船底板架外侧覆盖有外底板的是单底式;在内侧再加上内底板的就是双底式。双底式的两层船底之间的空间多用来储存燃油或装压载水。

从船底到舷侧的转角部位叫“舭部”,船体在这里的受力情况不同于其它部位,所以也要有专用的连接构件和加强构件。

从舭部向上是左右对称的船舷,又称侧壁、舷侧。其骨架的主要构件是肋骨,系竖向安装的型材,用于固定和支撑舷侧的外板。肋骨间用舷侧纵桁连结和支撑。肋骨较多而纵桁相对较少的舷侧结构形式叫横骨架式舷侧结构;如果设较少的肋骨而用较多的纵桁来支撑外板,则为纵骨架式。

船体的上表面为甲板结构,它的骨架由横梁、纵桁、纵骨、支柱、舱口围板等构件组成骨架,上覆以甲板。在杂货船的甲板上时常置放不能进入货舱的大件货物如车辆、长大件货和重件货,所以必须有足够的强度来承载甲板货物。

船的首部和尾部形状多种多样,而首尾甲板则接近于三角形和椭圆形。首部因为受碰撞的机会较多,所以它的骨架结构要特别加强。也就是骨材较密,板材厚度加大,还有专门增加的加强横梁等。

船首的外形在早年是两舷间夹角为锐角,在垂直方向为自上而下收缩和向后倾斜。这种形状曾被认为有利于劈开水体,但事实上却是船在前进时激起波浪,反而造成阻力(称为“兴波阻力”)。从本世纪初起,人们开始试验将船首的水下部分做成向前伸出的半球形(称为“球鼻首”),取得了减少兴波阻力、提高航速的效果。在一般情况下,球鼻首可将航速提高0.2～0.7节,因此从本世纪中叶起广泛为船舶所采用,其形状也出现了许多变型。

船尾部的平面形状近似于半个椭圆形,但它的水上部分系悬空伸出,腾出下方的空间用于安装螺旋桨和舵。

总的说来,船体是由外板包覆而成的箱形体,因呈密闭状态而具有浮力。外板则由纵横交错的梁、桁、板、肋骨等构件形成的骨架来支撑,并保证船体有足够的纵向和横向强度。

动力装置　船舶的另一个重要组成部分是驱动船舶航行、被称为船舶“心脏”的动力装置。船舶动力装置包括:推进装置(主机、辅机、传动设备、推进器等);辅助装置(电站、辅助锅炉等);各种管路系统;甲板机械;机驾合一装置等。

动力装置的核心是主机和辅机。有蒸汽动力装置(包括蒸汽机及蒸汽轮机),内燃动力装置(包括往复式柴油机和回转式燃气轮机);核动力装置等几种。其中最常用的是内燃动力装置,特别是往复式内燃柴油机。根据转速不同往复式柴油机可分为高速柴油机(1000转/分以上)、中速柴油机(500～

船用发动机活塞

1000转/分)和低速柴油机(500转/分以下)。其中低速柴油机可以不经减速直接驱动螺旋桨,另两种则需由减速装置减速。以单机功率而言则以蒸汽轮机为最大。

几种动力装置在造价、经济性和使用寿命等技术指标方面各有优缺点。例如,蒸汽轮机造价较低、体积较小、工作时振动也较小,但燃料消耗量却较高;低速机造价较高,体积较大,振动也较大,而燃料消耗量低则是其突出优点。因此,在选定船舶主机时,大多依照所需功率选定。大型、高速船舶如大型油船、集装箱船以及军用舰船多选用蒸汽轮机;客船为追求高速和舒适,也选用蒸汽轮机。吨位较小的船舶可以使用中速柴油机。低速机的选用领域介于二者之间,但其数量却在三种主机中居于首位。60年代以来,低速机的单机功率不断增长,已在大型船和高速船上采用,也就是说它已闯入了蒸汽轮机的领域。

主机产生的功率经传动系统(尾轴)传至螺旋桨,后者在转动时其桨叶像电风扇推动空气那样将水推向后方,在水体反作用力作用下,船舶就向前航行了。

安装主机的地方称为机舱。大型船的机舱通常位于尾部(尾机型船),一般杂货船则多位于中部(中机型船)。中机型船的尾轴很长,还要穿过机舱后方的各个舱室,所以要为之建造能承受货载压力和不透水的隧道(轴隧)。

主机工作时会产生振动以及其它作用力,蒸汽轮机和锅炉工作时的高温会引起机座膨胀,因而要求对主机基座采取相应的结构措施,还要保证有足够的强度和刚度。

船用低速柴油机

船用发电辅机

导 航 系 统

　　船在茫茫大海中航行时,准确地知道自己的位置是绝对必需的,所以船上必须有准确有效的导航系统。

　　传统的导航方法是天文导航,即利用光学六分仪(后改用或并用无线电六分仪)确定日月星辰等天体的高度,再借助于天文钟、航海天文历、数字用表等算出船的位置线。

　　现代船位测定方式是无线电导航系统,主要是双曲线导航和卫星导航系统。

　　双曲线导航的基本原理是"距两定点的距离之差为定值的点的轨迹,是以这两点为焦点的双曲线"。根据这一原理,船舶对一组发射台进行两次测定或对两组或多组发射台同时进行测定,即可确定两条或多条双曲线,其交点即为船位。采用这种系统需要在世界各地设置发射台。已投入使用的双曲线导航系统有劳兰、台卡、奥米加三种,其发射台已能覆盖地球大部分水域,特别是主要海运航线经过的水域。

　　卫星导航是 60 年代中期以后发展起来的,它的过程大体上是:地面注入站将卫星的轨道参数注入卫星,卫星发射参数信息,船上接收这些信息并测定其多普勒频移,再由电子计算机算出船位——经度和纬度。船舶的定位原理大体上仍是双曲线定位。因为计算工作很复杂,所以必须使用电子计算机。卫星系统的定位精度很高:如果船舶停止不动,测出的船位与实际船位间的误差只有几十米,甚至只有几米;如果船舶正在航行,测量精度将有所下降,但误差一般也不大于 300 米。

船舶的诞生地——造船厂

讲到船舶,就不能不对它的诞生地——造船厂有所了解。一般造船厂的位置至少要一面临水,而且水面要广阔平静以利于船舶下水。厂房和厂内道路都应宽敞,便于加工和搬运船舶构件。船厂的组成部分也和其它机械制造厂一样,有材料库、生产车间和总装车间。不过现代化的造船厂已非早期的"全能厂"模式,而是把船上的各种机械和设备如主机、辅机、甲板机械、通信导航设备,甚至船锚和锚链都交由协作厂生产,本厂仅只建造船体和安装协作厂供应的机械设备。造船厂的材料库是钢材堆场,总装车间则是露天的船台(坞)和舾装码头。

钢材堆场是船厂的重要组成部分,它除储存钢材外,还负责对钢材进行初加工——除锈、涂底漆、整平等。在现代化堆场中,场内作业均由计算机控制,由工业电视监控。

各个生产车间从事船舶构件制造。造船的第一道工序是把已由设计图纸规定了形状和尺寸的每一个零部件转移到实物上去,这道工序叫"放样"。放样的复杂之处在于要把图纸上的零部件尺寸放大许多倍,还要把空间构件(弯曲、扭曲构件)展开成为平面以便切割(称为下料)。切割下的构件经边缘加工后再进行成型加工(包括板材弯曲、型材弯曲、构件折边或折角等),使之具有设计图纸规定的形状。下一步就是用成型的构件在总装车间组装船体了。过去都是将构件一个个地运到船台(坞)上去组装,这使得船台周期(从第一个基准分段在船台上定位时起到船舶下水的时间)拖得很长。现在则先在生产车间内将几个构件组装起来再送上船台。而且只要起重机械的能力允许,就将这种组装件(称为分段)做得尽可能大些,甚至将几个分段进行再组装(称为总段),然后送上船台。采用分段造船法可以在几个生产车间内齐头并进地制造分段,将船台工作量和船台周期压缩到最低限度。有的船厂

下水典礼

甚至将原来要在船体下水后才进行的一些舾装工作也在船台上或车间内完成，以便缩短总的造船周期。

　　船舶下水后拖到专用码头旁去安装和调试各种设备，这项工作称为舾装。安装和调试的设备称为舾装件，专用码头称为舾装码头。完成舾装作业后，船舶就可进行试航了。舾装作业包括船舶设备和管系安装、电气安装、木工作业、舱室及其设备安装、油漆作业（不包括船体，船体油漆作业在下水前完成）和绝缘作业等。

　　造船是一件非常复杂的工程，需要合理、周密的安排，还需要各部门和工种间的密切配合，才能在保证高质量前提下缩短整个造船周期。

　　如果把造船厂看成是船舶的出生地，那么船坞和船台就可以看成是船舶的"产床"。

　　船坞，也叫干船坞、干坞。它一面靠海，用坞门与海水隔开，另外三面的坞壁则与陆地相连。坞底安放有墩座（龙骨墩）以支承建造中的船。当船体造好后即将船坞充水，使其浮起，再从坞门拖出送往舾装码头。船坞的尺度根据计划建造的船舶大小确定。干坞亦可用于修船。

　　还有一种只用于修船的浮船坞，它的断面像一个"凹"字。向坞体内充水后船坞即大部沉入水中，在待修船被引入坞后再排水将船舶托起以便修理。它的特点是机动灵活，还可以托起长度稍大于坞长的船舶。

　　船台也一面临水，三面靠陆。临水面以平缓的斜坡伸入水下，坡上设有滑道，造好的船体沿滑道依靠自重滑入水中（下水），并由水阻力将其停住。所以在船台下水区要有相当大的平静水域。船台上建造的船一般不大于 12 万吨，再大的船要在船坞内建造。

干　船　坞

干　船　坞

浮　船　坞

各有千秋的运输船舶

以古老的独木舟作为始祖,船舶家族经过几千年的繁衍,已经拥有众多的成员,而且每一个成员都有自己的专长,能够在不同的领域中发挥作用。它们当中,有的装饰豪华,乘坐舒适;有的"胃口"特别大,能够一次吞下几万吨、十几万吨乃至几十万吨的"汤"和"饭";有的能吞下整辆的货运汽车;有的游得飞快,以致大部或全部躯体离开了水面,甚至腾空而起;有的力大无比,专门干"重活";有的不怕脏累,整年和泥土打交道……为了及时而完好地运送无论是数量还是品种都在快速增长的货物,船舶不仅必须相应地扩大队伍,而且要按照货物的不同要求来改变结构和使用新的建造材料。这样,就出现了一些只运一种或几种货物的专业化船舶。

它们无论是在结构、性能、使用方法上都与过去"一条船运万种货"的杂货船有相当大的差别,营运效益也大幅度提高。有人说,二次大战以后快速发展的"船舶专业化"是继船舶机动化之后出现的又一次船舶技术革命。

在所有船舶中,运送旅客和各种货物的运输船无论是在吨位上,还是在数量上都占有压倒优势。运输船舶按其用途可分为客船和货船两大类;而按航行区域划分,又有海船与河船之别。

随着水上交通的发展,各种工程船舶和辅助船舶的队伍迅速壮大,成为船舶大家族中兴旺的旁支。

客 运 船 舶

海上客船　在本世纪 50 年代以前的跨越海洋客运中,海上客船(因为水运邮件均交定期航行的客船运送,所以客船又叫"邮船")担当着最主要的

远洋客船——英国"伊丽莎白二世号"

角色。它的使命是运载旅客穿越或大或小的水域，将旅客安全、快速、舒适地送抵目的港。客船就是根据这些要求设计建造的。

现代远洋客船的排水量多在 1 万吨以上，历史上最大的客船均在 5 万吨以上、航速超过 30 节。沿海岸航行的客船较小，吨位多为 3000～7000 吨，航速在 20 节上下。

旅客运输中，安全是首要条件，所以客船多在易受损伤部位设置双舷和双底，在船体内设水密隔舱来保证船体一旦局部受损进水时全船仍保持有足够的浮力。此外，客船还要满足一些不同于货轮的特殊要求。例如，客船的舱室大多位于甲板上方，从而使船的重心上移，所以必须在船底加装固定压载来降低重心。客船上层建筑高大，因而受到较大的风压力。旅客要在船上自由活动，特别是在观赏风景时和靠离码头时，往往聚集在船的一侧，从而造成左右舷负荷不平衡等等。凡此种种，都要求设计和建造客船时予以充分考虑并采取必要措施来提高安全程度。

舒适性是乘客、特别是旅游乘客的一项基本要求，主要表现在两个方面。一个是要求有良好的生活条件和文化娱乐设施，亦即除了舒适的客舱以及供散步、眺望的游廊外，还要有餐厅、阅览室、俱乐部、小卖部、邮局、医疗室等公用设施；大型客船还要有更为优裕的设施如游泳池、影院、酒吧间、音乐厅、舞厅、健身房、儿童游艺室等等。为了布设众多的客舱和公用设施，客船在主甲板上方建起多层的上层建筑，一般均在 4 层以上，大型客船可多达 10 层，在主甲板以下的船体内亦用水平甲板分隔成多层，用于布设低等级的客舱或用于放置乘客行李。

舒适性的另一个方面是要求航行平稳。可以设想，如果乘客在船上总是不由自主地像醉汉那样摇来晃去，那么，即使船上设施再精美豪华，人也不会有任何舒适感觉的。这种摇晃是船舶在波浪作用下发生摇摆造成的。

船舶的摇摆有首尾方向的纵摇，有左右方向的横摇以及摇首和升沉等，但以几种摇摆同时发生时形成的耦合摇摆对人的影响为最大。不过，横摇是几种摇摆中最主要的方式，所以人们把减少横摇作为主攻方向。当然，要使客船完全不摇摆是不可能

的。但可以让船摇摆得很慢，角度也很小，以致乘客几乎感觉不到船在摇摆。有的客船如英国"玛丽皇后号"在这方面取得了令人叹服的成就：在一等客舱的茶几上竟能立起铅笔且长时间保持不倒。

多年来，人们创造了各种形式的装置来减少横摇，常用的有舭龙骨、减摇水舱以及防摇鳍等等。舭龙骨的形状类似于鱼的背鳍，用型钢和板钢做成，长度约为船长的 1/3，位于中后部的左、右舭部，它利用水的阻尼作用来减少船的横摇幅度。减摇水舱可分设在船的两侧，其底部用水管通连，上部由气管沟通，船横摇时舱内的水即在两舱间往返流动并起到减缓摇摆的作用。如果在水管中装上水泵来自动控制水的流向，则效果更好。防摇鳍是效果最佳的装置，它是装于舭部并伸入水中的翼片，犹如鱼的腹鳍。防摇鳍多为仅在使用时才伸出的回收式，其工作方便可靠。据测试，中国的"耀华"号客船在横摇角达 15～20°时放出了防摇鳍，横摇角立即减少到 1～2°，可见其效果之佳。

减摇措施还有安装陀螺稳定装置等，但因造价高而采用者不多。

客船还设有良好的减振和隔音设施来减少来自机舱的噪音和振动，保证客船的良好舒适性。

远洋客船在定期旅客运输竞争中败于远程客机后，改在旅游航行中寻求发展，于是新建的客船更加重视设施完善、生活舒适，但航速较前略低，大多在 26～30 节之间。

防 摇 鳍

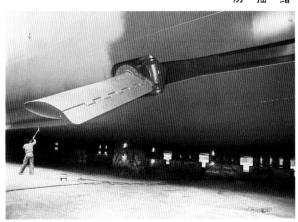

沿海双体客船

俄罗斯的内河客船

内河双体客船

海上渡船 在横越海峡以及在大陆—海岛间的旅客运输中,渡船仍然扮演着主要角色。这种只从事短程运输的客船的上层建筑与长途客船有较大区别。例如设有部分坐席供区间旅客使用、甲板上设有宽敞的停车场供乘客停放自备汽车等等。

在海峡轮渡中,双体船具有自己的特色,它由两个瘦长的船体,用通联甲板连接起来构成。通联甲板也就是双体船的主甲板,它宽敞平坦,无论是开辟停车场或是布置客舱,都十分方便。由于两个船体各有一套独立的船机和推进装置,所以操纵十分灵活,稳定性也很好。但一般双体船的结构强度和耐波性能低于普通的单体船,故而航行区域受到限制,仅用于内河和近岸海域。

内河客船 内河航道的宽度和水深均相对较小,河道大多蜿蜒曲折,转向半径小,河水流速却往往较大,所有这些特点使得内河客船在某些方面有别于海上客船。一般内河船舶的吨位、尺度和吃水都小于海船以适应于内河航道的限制。船上的生活、娱乐设施也不及海船齐全,布设客舱的上层建筑多为3~4层,航速亦较低,多为15节。由于江河湖泊上的风浪小于海浪,所以其抗风浪能力亦逊于海上客船。

内河客船输运旅客的功用在西欧、北美已经被小汽车所取代,转而向旅游业发展。所以新建的客船多为追求舒适的豪华型,有的客船又重新采用明轮推进以满足游客的好奇和怀旧心理。

高速客船 长途客运班轮,无论是海船还是河船,在与飞机和汽车的竞争中都吃了败仗,其根本原因就是速度慢。常规(客)船受水阻力特别是兴波阻力限制,难以实现高速航行。为此,人们从不同角度,探讨减小船舶阻力的途径,从而发明出不同类型的高速(客)船。一般分类如下:

水静力支持船,包括常规排水船与非常规排水船,后者指高速双体船和小水线面双体船;

水动力支持船,包括水翼船、滑行艇、冲翼艇及气翼艇等。

空气静力支持船,包括全垫升气垫船及侧壁式气垫船等。

由于科技的进步与发展,出现了各种高速船舶"杂交"而演变出性能更为优良的高速(客)船。如双体船与小水线面双体船杂交而成"穿浪型双体船";双体船与气垫船结合,构成双体气垫船;双体船与水翼船结合,构成双体水翼船。由于它们兼有母系船的优点,性能更优越,因而是很有发展前途的船型。

水翼船 在船舶结构上,水翼船与普通客船没有太大的差异,不同之处在于船体下方装有两副水翼,螺旋桨以不大于12°的俯角伸向后方,以便在船体升出水面后仍浸没于水中并产生推力。水翼的剖面与作用类似于飞机机翼。在船航行时水流绕过水翼,其上方和下方的流速不同而产生举升力,从而将船体向上托起。而且船速愈快,举升力愈大,最终可将船体完全托出水面。这时,仅有水翼和螺旋桨浸入水中,船舶所受水阻力大大降低,航速也就可以大幅度提高了。水翼船的航速一般为60～90公里/小时,个别可达110公里/小时,仅略低于小汽车。

水翼船在水翼航行时,船的全部重量均由水翼支柱承受,致使其根部受到集中应力,需要采用高强度材料。这一结构力学上的问题已成为水翼船向大型化发展的障碍。小型水翼船的载客量仅几十人,最大型者亦不超过300人,且均为座席。航行区域主要为内河,少量可沿海岸航行。水翼船完全靠助航标志导航,在航速快的条件下夜间较难辨认,所以一般不作夜航。

水翼船的推进方式除螺旋桨推进外,也可采用

喷水推进。此时由前支柱进水口吸入水流,经加压后从尾部喷出。它的特点是结构简单,工作可靠,有望发展成为一种主要推进方式。

还有一种水翼船仅在前部装有水翼,航行时船体前部抬出水面,尾部则在水面滑行。

气垫船 第一艘试验性气垫船于1956年由英国建成。它依据的理论是:如果气垫船利用升力风扇将压缩空气打入气囊,并从船体周边的射流喷口射出而形成气垫,就能将船体完全抬出水面。此后,英国建造了第一艘可供航行的气垫船,并于1959年横渡英吉利海峡成功。第二年又在气垫船船体周边安装了柔性围裙,显著地减少了空气流失量,加大了气垫厚度,解决了气垫船走向实用化的关键问题。60年代,许多国家在改进气垫船的飞升、推进以及操纵性能等方面进行了大量的研究、试验工作,使气垫船技术有了长足进步,商用气垫船也在此期间问世。

气垫船的外形与普通船舶有所不同。从空中俯视,它有点像一个矮胖子,船的长度不大却较宽,圆头平尾,貌不惊人,但行动却很敏捷,跑起来速度极快。又因为它在航行时要向水面射出气流,溅起水花,使得它像腾云驾雾一般在水面疾驰,所以更惹人喜爱。

全垫升气垫交通艇

气垫船（自前方俯视图）

气垫船有两种型式：全浮式（全垫升式）和侧壁式。前者船体周边镶有柔性围裙，用以防止气流外逸。因为船底是平的、围裙质地柔软，故可在沙滩、草坪上"着陆"，具有两栖性能。航行时亦可超越浅滩、沙洲、浮冰等障碍物。在使用空气螺旋桨推进时，航速可达 60～80 节，最高者达 100 节。

侧壁式气垫船的两侧有刚性侧壁，前后端用气封来保持气垫。这种气垫船的推进方式有空气螺旋桨、浸水式螺旋桨以及喷水推进装置等。航行时船不能脱离水面，更不能登陆。

气垫船有两个耗能用户：一个用于垫升，另一个用于推进。所以它对功率的需求和燃料消耗都较大。

气垫船问世 40 年来，技术性能有了重大改进。但是大型气垫船的建造仍然是一个难题，最大型气垫船的旅客座位也只有 400 多一点。

冲翼艇　1932 年 5 月，航空史上出现了一次飞行奇迹：德国一架装有多台发动机的巨型水上飞机在自美返航途经北海上空时，因部分发动机熄火而急剧下降，就在行将落水一刹那又在水上 10 米的高度上平稳飞行，最终竟平安返航，此事成为轰动一时的新闻。这个奇迹是一种"表面效应"造成的。众所周知，飞机是靠机翼外形使翼面上方的空气流速高于下方，从而使飞机升空和保持悬空状态的，当飞机贴近地（水）面飞行时，由于地（水）面的影响，气流被严重阻滞，流速很低，对机翼的向上压力剧增，使飞机获得巨大的额外上升力。在 1932 年的飞行奇迹中，水上飞机就是在这种外加升力的帮助下保持掠海飞行的。

这次飞行奇迹吸引了众多科学家，他们纷纷着手研制利用地面效应的交通工具，建成了多种样机。尽管它们的外形和结构不同，大小迥异，但共同的特点是主体像船、在水上起落和具有短的机翼。样机因为都处于研制阶段，故其性能、构造、所用材料等均少为外界所知，所用名称亦各不相同，如冲翼艇、地面效应船等等。

冲翼艇已经完全脱离水面，所以有更高的速度。前苏联研制的一种大型军用冲翼艇的长度为 122 米，主翼展 38 米，重 5000 吨，装有 10 台燃气轮机，可运载士兵 800～900 人及部分装备，最大航速 300 节，巡航速度 180～200 节。

冲翼艇的研制工作已持续了半个多世纪，但仍有几个重大技术问题如稳定性、在波浪上飞行的安全性、转向时的操纵性等重要问题均未能妥善解决。也正是这些问题阻碍着冲翼艇投入商业性营运。一旦难题得到解决，冲翼艇将在水上客运中占据其应有的地位。

货 运 船 舶

在汉语里有一个名词——"舶来品",从字面上讲是"用船运来的物品",而它的真实涵义却是"进口货"或"外国货"。这个把船和进口的外国货融为一体的名词,充分地说明了船舶在国际物资交流(外贸运输)中所起到的作用。二次大战以后,不仅世界商船队的规模不断扩大,船舶性能逐年提高,尺度逐渐加大,而且还在具有悠久历史的杂货船的基础上涌现了一批前所未有的新型货运船舶,如集装箱船、滚装船、载驳货船、液化气船等等。

杂货船 在所有的货运船舶中,杂货船(也叫干货船)可算是当之无愧的"老大哥"。还在装有蒸汽机的机动船刚刚问世时,就已经有了杂货船。百余年来,它在水路运输中一直占据着重要地位。杂货船的基本用途是运送装在箱、桶中,或是绑扎成捆的成件货物。所以杂货船的构造和装备也就要适应这些货物。现代杂货船都有用不透水的隔壁分开的若干个货舱,以便将不同性质的货物分别放在不同的船舱内,防止货物间互相污染而发生货损。考虑到货件本身或它的包装品(箱、桶等)的承压能力有限,货物不能堆码得太高,所以多数杂货船都在货舱内沿舱壁再加一层甚至两层甲板,即中间甲板,用于码放货物。这种货舱结构在其它货运船舶中是很少见的。货舱的舱口盖必须严密不透水,在海浪涌上甲板时也能确保船舱不会进水打湿或浸泡货物。杂货船都配备有装卸机械即货物吊杆,俗称"船吊"。吊杆的起重量大多不超过 10 吨。有了吊杆,在没有岸上装卸机械的中小港口也能顺利装卸货物。从 60 年代起,陆上的电动旋转吊车被移到了船上,因其操纵灵活简便,驾驶室视野宽阔而备受青睐,采用者日多。不过,舱内的货物搬运,因为受到场地条件的限制,还不得不时常依靠人力完成。所以舱内作业机械化问题一直是造船业和航运业的一个重要课题。大型件货如车辆等则置于甲板上。

沿海杂货船

远洋杂货船

杂货船的吨位不大,多在 1 万吨左右,其大者也多不超过 2 万吨。我们通常说的"万吨轮"指的就是这种船。万吨轮多用低速柴油机作为主机,功率在 1 万马力上下,航速多为 15～20 节。

自从集装箱运输和集装箱船出现以来,杂货船受到了排挤,相当大的一部分市场被夺走,但是许多货物如运输车辆、大型机械、各种大规格钢材、卷筒纸以及大比重货物等均为集装箱船所无法承运,还有许多港口受水深、码头和装卸机械的限制,不能接纳集装箱船。所以在可以预见的将来,杂货船仍将拥有自己的市场。

油船 石油是重要的燃料和工业原料,其产地又相对集中,所以每年都有大量的石油经海路运往消费地区。在上个世纪后半叶,石油是装在木桶里交给杂货船运输的。后来前进了一步,在货船船舱里装上油罐专门用来运送石油,这也就是改装的"油船"。现代油船的鼻祖是上个世纪 80 年代出现的,而大规模建造大型油船却是本世纪中叶的事情了。

石油的运量很大,约占海运总量的一半左右,而装卸工艺却相对简单,用大型船运输可以获得较高的效益。于是长久以来油船一直在吨位方面稳居榜首,而且随着石油海运量的增长而增长。1967 年中东战争导致苏伊士运河关闭而为油船大型化的势头火上浇油,大型和超大型油船纷纷出现。目前,世界上油船的最大吨位已达 50 万吨以上。

石油是流动体,又是易燃易爆的危险品,所以油船、特别是它的货舱的结构和装备就必须适应这种货物的特点。

油船的货油舱虽然已用横向隔壁隔开,但其面积仍然很大,石油可在其中自由流动,这就是"自由液面"。当船在风浪中摇摆时,石油亦向同一侧流动,从而使船舶稳性恶化,所以必须缩小自由液面。为此采取的措施有:沿油舱全长设纵向隔壁将自由液面一分为二;在油舱上方沿两侧隔出小型油柜,除缩小自由液面面积外,还可以调节油船装载量。从本世纪 30 年代起又进一步将小油柜的内壁向下延伸直至舱底,也就是将整个油舱分隔成中间油舱和左、右翼舱,这种船舱结构一直沿用至今。从 80年代起,联合国国际海事组织关于禁止 7 万吨以上的油船用货油舱装压载水的规定生效,油船即以左右翼舱作为专用的压载水舱。

油船必须有装卸石油的设备:货油装卸系统,包括位于专用舱中的油泵和通向各个油舱的管道以及各种计量、控制和调节设施;扫舱系统,它的主要组成部分是一台小型油泵,用于排汲卸货后残存于油舱中的石油;货油加热系统,在油舱内壁装设加热管,以便在卸船时对货油,特别是粘度较高的货油加热来增加其流动性,从而加快卸油速度;洗舱系统,当油船改变其所运油种或装运其它液体货物时,必须将油舱清洗干净,洗舱系统即为此而设。作业时先用蒸气薰蒸船舱,使附着于舱壁上的残存油受热脱落,再用旋转式洗舱机以 70～80℃的海水在 15～16 千克/厘米² 的压力下冲洗,最后用泵将海水连同残油排出船外。不过,这种洗舱水含有大量石油,故不能直接排放海中,必须先排到岸上净化(多用静置分离法),然后再将干净的海水流放入海;油舱透气系统,用以防止油舱内出现过高或过低的气压。

石油是易燃易爆品,又能挥发出石油气,所以必须特别注意防火防爆问题。除了在设计和建造油船时已采取的种种预防措施外,还必须为油船操纵管理制定出周密的操作规程。不仅如此,船上还应有完备的灭火防爆系统。

大型油船的长度可达 350～400 米,为了提高其整体强度而多采用纵骨架式结构。主机机舱则设在尾部,借以避免机舱设在中部时尾轴要穿过几个油舱而引起的麻烦。

油船的压载航行

油船运输的一个特点是单程重载,即由装油港重载驶向卸油港,卸油后空船返航。空船的吃水(即船体入水深度)很小,不利于安全航行。此时需向货舱内注入海水(即压舱水)来加大船重和吃水,这种航行称压载航行。油船在驶近装油港时将压载海水排入海中。但是,排出的压舱水中已混有相当多的石油,造成海洋污染。对此,各国先是限制排出压载水的含油量,其标准不一,多在 5～20PPM(PPM 为百万分之一)之间。后来,联合国国际海事组织又进一步规定,1980 年 1 月 1 日以后投产的 7 万吨以上的油船,必须设不得装运货油的专用压载舱,从而较好地解决了油船压载水污染海洋的问题。

26 万吨级油船

散货船（26000 总吨）

散货船 专门用来运送无包装干散货的船舶，称为散货船。它们运送的货物有矿砂、煤炭、盐、谷物、建筑材料、原糖、磷灰石等等。散货船是由杂货船演变而来的，也就是说，这些散货最初是由杂货船运送的，后来由于运货量日大以及杂货船舱口小不便装卸等原因才将杂货船改装成散货船，再后来又有了根据货物特点而设计建造的专用散货船。随着货运量的不断增大，散货船也愈造愈大。按散货船队的平均吨位计算，它仅次于油船而居于第 2 位。在船舶构造方面，散货船的特点是船体横向强度大，货舱强度大于其它船，形状也不同。在各种散货中，矿砂的比重大于其它散货，所以专门运送矿砂的船（矿砂船）又有别于一般散货船。

散货船的货舱不同于其它运输船，一般运输船货舱的横剖面形状近似于矩形，而散货船货舱的形状却近似于菱形。这是因为散货在这种形状的船舱中具有良好的自匀能力，即货物在装船时能依靠本身重力而流塞于舱内各处，使货堆表面平整无堆积。菱形舱使舭部和舷顶两侧出现的空间则用作压载水舱。这种结构是其它运输船所没有的。

散货船多用抓斗卸货，为了使抓斗便于到达货舱的各个角落，舱口均开得很大，有的甚至达到货舱的边缘。卸货抓斗很重，大者可达几十吨，为了使货舱能够承受抓斗下落时的巨大冲击力，散货船的货舱、特别是舱底，都要采取特别的加强措施，例如加大板材厚度，增设加强肋等。

矿砂船的货舱又小于一般散货船，且仅设于船体中部，其两侧空间用于布设装载压水的翼舱。

在 5 万吨以上的大中型散货船上多不设装卸机械，而是靠岸上机械装卸货物。船用主机也和油船一样装于尾部。

本世纪中叶出现了两种"自卸式"散货船。一种是在舱底设有专用机械，能将舱内货物送到皮带输送机上再转送上岸；另一种是先将物料粉碎成粉末，在大型容器中加适量的水使之浆化并泵送入舱，装舱后再将水排出（残余水量不超过 8%），抵达目的港后用舱底的强力水泵注水入舱重新浆化，然后泵送上岸，其最高卸货效率可达 7000 吨/小时。这两种船虽然早已出现和试用，但数量却很少。

集装箱船 顾名思义，是指专门运送集装箱的船。那么，"集装箱"又是什么呢？集装箱，又可称为"货柜"，是一个用钢材或铝合金制成的大柜子，把许多需要运输的小型件货放在箱内，就变成一个大件货物，使得运输装卸都十分方便。集装箱结构坚固，不怕日晒雨淋，可以保证货物在整个运输过程中处于完好状态。这种"化零为整"的运输方式，叫做"成组运输"，而集装箱运输则是它的主要形式。特种集装箱还具有通风、保温、冷藏以及运输活牲畜的功能。

集装箱首先在铁路运输中得到应用，50 年代才延伸到海上。最初只是在普通杂货船甲板上运送少量集装箱，舱内仍然装运包装件货。但是这种改装的半集装箱船却很快就崭露头角，为航运公司带来了可观的经济效益，也得到了货主好评。很快，专门运送集装箱的船便建造出来，而且发展迅速。到 70 年代，集装箱船的航线已经遍布全球，有的国家已有 70% 的海运杂货用集装箱运输。

作为专门运送集装箱的船，自然要在其结构上为集装箱创造一切方便条件，这主要是指货舱必须适宜码放集装箱。为此，集装箱船的货舱内采用格栅结构。格栅在舱口处做成喇叭状导槽，便于导箱进入格栅。导槽之下是导箱轨，其间的尺寸正好能放下集装箱,装船时只要将箱的四角顺着导轨下放即可。一个格内一般可码放4~6层箱。这种格栅结构不仅便于装卸,而且在航行时还能防止集装箱移位,从而有利于航行安全。正是因为采用这种格栅结构,全集装箱船又被称为格栅式集装箱船。

格栅式集装箱船的甲板上还可以码放1~3层用专用工具牢固绑扎的集装箱。集装箱船不装备装卸机械,所有的装卸作业均由岸上机械,通常是用集装箱起重机(又称装卸桥)去完成。

为使集装箱能方便地在国际运输中流通,就必须对其尺寸和重量实行国际标准化。1969~1970年间,英、美、法、挪威等7个国家的船级社协商议定了国际集装箱标准尺度和重量(尺度单位采用英制)。两种主要标准为:尺度(长×宽×高)20×8×8英尺、总重20吨和40×8×8英尺、总重30吨,并以前者作为统计用标准单位,即1个40英尺箱等于2个标准箱。集装箱船的格栅就是按照国际标准确定其尺度的。

集装箱船自问世以来即不断地向大型化发展,60年代建造的第一代船可装运750只箱子,而80年代的第四代船已可装运4000只箱子。不过,集装箱船的大型化受到巴拿马运河船闸尺度的限制,即长×宽×吃水的最大值不得超过290×32.2×12米。集装箱船的航行速度也是较高的,70年代中期以前多在30节以上,后来由于燃料价格上涨而改用经济航速,一般为22节。

全集装箱船在大型化的同时,也出现了一些新的结构型式。敞舱式集装箱船便是集装箱船家族中的一个新成员。由于其结构简单、便于装卸作业,发展前途十分广阔。

大型集装箱船多从事定航线、定时间的班轮运输,最长的航线是环球航线。经营环球班轮运输的航运公司定期从母港同时向东西两半球各发出一艘集装箱船,在大约80天的时间里绕地球一周,沿途在大约20个大港停靠并装卸集装箱。中小港口的集装箱则用较小的支线船向大港集散。

货板运输和货板船 与集装箱并存的还有另一种成组方式,即货板成组方式。它是将袋装、箱装件货码放在矩形货板上装卸和运输的。不过货板不能像集装箱那样为货物遮风蔽雨,必须装入船舱。由于货板货物重量较大,在舱内搬动十分不便,为了克服这一缺点又建造有专用的货板船。它在船舷开有宽敞的舷门,装卸货物时不再用起重机吊装,而是用叉车将货物通过舷门置于舱内跳板上,再由舱内机械接力运送到指定货位。舱内机械有多种,包括轮式叉车、步行式叉车、液压升降台、滚子输送机、电梯、悬垂式堆垛机等。

在成组货物运输总量中,货板成组货物居于次要地位。

正在进行装卸作业的集装箱船

滚装船　有这样一种船,它靠上码头后就打开大门,让载运货物(集装箱)的车辆自由地驶出驶入船舱,这就是滚装船,过去也曾称为"开上开下船"。这种船将货物连同运货车辆一起运输,到达目的港后车辆可以直接将货物运到货主仓库,实现"门到门"运输。所谓"门到门"运输是指从卖方的仓库门到买方仓库门前的运输中无需更换集装箱或运货车辆。

滚装船是本世纪中叶发展起来的一种新型船舶,它的特点是所运货物已经装在车上,车辆驶出(入)船舱后,装卸作业即已完成,因而装卸速度特别快。例如一艘万吨级滚装船,其装卸作业仅需几个小时即可完成。

欲使车辆直接驶入船舱,就必须在船内设纵向通道,也就是说,船内只能有很少的横向隔壁。为了多装运一些车辆(货物),舱内要设多层(一般为2～4层)车辆甲板,因而通道必须是倾斜的。此外,滚装船还必须有供车辆上下码头的跳板。这些都是滚装船在结构上有别于其它运输船的地方。

由于通道和运输车辆占去了大量的舱内空间,使滚装船的实际载货量大幅度下降,其直接后果是提高运输成本和降低经济效益。为了弥补这个重大缺陷,人们采取了许多措施。首先是让滚装船在装卸作业频繁的短途运输中充分发挥其优势,其次则努力于改变船舱结构来提高货物装载率。例如大型滚装船可将固定式坡道改为活动式,即将坡道的上端用铰链连接,中间设液压筒升降。坡道放平后,其上即可放置车辆,下方可码放集装箱或其它货物。小型滚装船可取消坡道,改用升降台将进舱车辆送往各层甲板。此外,船方还在营运方式上进行改进。例如将原来的每箱配一车改为仅只运送集装箱和少数车辆。具体做法是为每一层甲板配备一个作业队,包括牵引车、挂车和舱内叉车。由叉车将运来的集装箱卸下置于甲板上,挂车再去运下一箱。这样就大大地提高了舱容利用率,使得滚装船不仅能在短途运输中发挥优势,而且在远程运输中也有能力与集装箱船一争高低。

跳板是滚装船的重要组成部分,是装卸时车辆从岸至船间的通道。在船上的位置可位于首部、舷侧或尾部。设置方式既可位于船中线的延长线上

滚装船

(直跳板),也可以和中线有某一夹角(斜跳板)。大型滚装船多采用尾斜跳板或旋转式尾跳板。跳板应有足够的长度、宽度和强度,还应能适应潮水涨落造成的水位变化。

滚装船因为不需要岸上装卸设备,对码头没有特殊要求,装卸速度又快,所以受到航运界重视。一般认为,滚装船和集装箱船一样有着光明的前景。

载驳货船　载驳货船的基本概念是在一艘大型海船上装运若干艘载货的驳船,在驶抵目的港后不进港,只是在港外锚地卸下驳船,并由推轮推进港内卸货。在河口港卸下的驳船还可以溯河而上,在内地的河港卸货,从而将海运与河运有机地结为一体,取消了河口港的倒载作业。这种运输方式称为"载驳运输"。载驳货船还被形象地称为母子船,即海船为母船,驳船为子船。这种运输方式的关键问题是如何装卸驳船。

第一艘载驳船于1969年投产。它解决驳船装卸问题的方法是在船上装备500吨的吊驳起重机。为此在船尾两侧各伸出一悬臂,两悬臂间为驳船装卸区,起重机沿悬臂及甲板上的轨道往返运行,完成起吊和搬运驳船作业。驳船自重85吨,载货375吨。这种载驳船称"拉希"型载驳船。

另一种载驳船称为"海蜂"型(或音译为"西比"型),它是用船尾的巨型升降平台取代吊驳起重机。平台载重量2000吨,一次可升降自重150吨、载重850吨的驳船2艘。载驳船的舱内设有数层甲板用于停置驳船,并有供驳船输送机运行的纵向轨道。当装有驳船的平台上升至某层甲板并与之衔接时,输送机即移至平台上并嵌入驳船下方,用液压千斤顶托起驳船,然后输送机将驳船送至预定位置。

载驳货船

　　还有一种载驳船称为"浮进浮出"型。它在船首设有两扇左右开启的水密门，装卸时将母船压载下沉，舱内驳船即可浮出。

　　载驳运输在70年代曾有过飞跃发展，但很快即陷于停滞。究其原因，主要是载驳船和驳船造价高昂；装卸设备(特别是吊驳起重机)结构复杂易出故障；卸于开阔海面的驳船如何管理等问题未能妥善解决；进入内河的驳船难以保证按期返回；驳船因尺度问题而难与现有内河驳船混合编队等等。所有上述经济技术问题能否解决，将关系着载驳运输能否东山再起。

　　液化气运输船　气体燃料有许多种，耗用量最多的是天然气和石油气，其主要成分分别为甲烷和丙烷。统计资料表明，气体燃料在燃料总消耗量中所占比重不断上升。从产地外运燃气的方式以管道为主，只有大约20%由海路运输。

　　海上运输气体燃料是从石油气开始的，本世纪30年代开始在常规油船的货舱内设置压力液罐运送液化石油气。专用的液化石油气船经历了压力式、半冷冻半压力式和全冷冻式三个发展阶段。压力式船是将货舱建成圆筒形压力罐装运货物；半冷冻半压力式则既降温又加压，这种船在50年代曾有过较大发展；全冷冻式船始见于60年代，其船舱温度可降至−50C，是当前运送液化石油气的主要船型。

　　天然气不同于石油气，在常温下不能加压液化，因此，它是在常压下将温度降至−164C液化的。

　　两种液化燃气都要在低温下运输，也正是这个共同的特点对运输船提出了特殊的要求。液化气运输船的货舱呈圆形或圆筒形，因而船体的内部结构也必须相应改变以适应货舱形状。在整个重载航行期间，货舱一直浸没在温度极低的液货中，而一般钢材在这种条件下将发生脆裂甚至爆裂，所以必须使用能耐低温的高级不锈钢或铝合金制造舱壁。液货的温度每升高1C将使舱内气压增加20千克/厘米²，所以货舱不仅在结构上应能承受较大压力，还应有降低舱内气压的安全装置。更为重要的是要为货舱设置良好的隔热绝缘层，它应能保证船在热带海域航行时，舱内温度也不会升高。

　　液化天然气船结构复杂，对所用材料和工艺均有很高的要求，所以只有少数几个造船工业发达的国家能够建造，而且这些国家又都用专利形式对建造技术保密，很少为外人所知。

　　液化燃气具有低温、高压、易燃、易爆、有毒、腐蚀等特性，属于危险货物，所以为它的液化、装船、运输、卸船、重新气化的全过程制订了严格的操作规程，以确保安全。燃气液化前必须予以适当处理，清除气中的灰尘、硫磺、二氧化硫和水分等杂质。

　　液化燃气的低温也是一种财富，故许多卸货港均兴建大型冷库，利用液化燃气重新气化时的吸热能力维持冷库运转。

液化天然气船

化 学 品 船

在海上货运中,有些货物的数量并不太大,但是却有着特殊的要求,为这些货物也建有专用船。它们的整体结构与普通货物并没有太大的区别,只是货舱部分有些变动或是设有专用设施。

化学品船 化学品大多是有毒、腐蚀性强、有异味、易燃易爆、对周围环境的温度和湿度敏感的物品,而且它们的批量往往不大。为了适应这种情况,化学品船的货舱数量多而容积较小,舱壁要耐腐蚀、便于清洗、密闭良好、有隔热保温能力以及良好的通风能力。总之,化学品船的船舱应能装运多种货物和便于更换货种。

在化学品船中还有一种专门运送液态硫的船,货物温度约600℃,所以货舱必须耐高温且能保温。

冷藏船 用于运送水果、蔬菜、肉类、水产品等易腐货物。为了防止货物在运输途中腐烂变质,船上必须有大功率的制冷设备,还应有调控设备使各个船舱依货物的不同要求而保持不同的温度。货舱应有良好的隔热设施,确保舱内温度不受外界影响。有的船还有速冻功能,能将常温下送上船的货物(主要是水产品)迅速冷冻,然后再送入船舱冷藏运输。

冷 藏 船

木材运输船

木材运输船 专为运送原木、锯材而设计建造的船,其甲板平坦无围栏。所运木材均装在甲板上,用移动式围栏固定,到达目的港后撤去一侧围栏并向同侧压载舱中泵入压载水使船体倾斜,所运木材即自行滑落水中。卸船作业仅需要很短时间即可完成,而且无需停靠码头,卸下的木材用集材船推向岸边出水上岸。

内河运输业在历史上曾经是主要运输力量,像中国元、明、清三个朝代的"南粮北运"就主要是依靠京杭大运河来完成的。20世纪以来,虽然在铁路、公路运输的竞争下其重要性有所减弱,但仍然是现代交通运输网的主要运输方式之一。在内河运输线上完成货物运输任务的船舶是自航货轮和驳船队。

自航货船 主要用于河道蜿蜒曲折、水流较快的地区。就船舶结构而言,河船(货船、油船)均与海船相似,只是由于内河的具体条件限制而使其吨位较小、船体较为狭长、吃水较小,也没有海船那样强大的抗风浪能力。当然,每条河流有其各自的航行条件,不同河流的船舶吨位和尺度也就有较大的差异。像西欧各国就是将载重1350吨、尺度为80×9.5×2.5米的"欧洲"型自航货船作为整个西欧国际航道网的标准船型,而航行于莱茵河下游的货船却可载重3000吨,俄罗斯伏尔加河的货船载重量更是高达5000吨。美国由于大力发展驳船运输,在其内河运输中已经没有自航货船,仅在五大湖中有大湖船航行。

50年代以后,内河货船除了原有的货船、油船外,也出现了一些诸如集装箱船等的新型货船,但其数量不多。

为了提高自航货船的经济效益,许多国家都采用一种"货船顶推"的运行方式。它是用自航货船顶推一艘吨位相近的驳船,此时航速略有降低,燃料消耗亦有所增加,但运货量却提高一倍,故经济效益显著。货船首部多进行相应的改造并安装顶推设施。有的货船还在首部装上两个液压推杆,以使转向时驳船与货船间有一定角度,从而有利于通过弯窄航道。

内河货轮与顶推的驳船

驳船队和驳船运输 在内河运输业中居于上升主导地位的是驳船队。它是将货船的动力装置和货舱分别置于两艘船上,然后再结合起来运送货物。这种方式可以克服因河道水浅弯多致使船舶吨位受限的缺点,又能驱动较多驳船以充分利用机动船的主机功率,而且船队可随意编组解体,十分灵活。正因为如此,驳船队在所有开展内河运输的国家都大量采用。

最初,驳船队的运行方式是"拉着走",即机动船在前,用缆绳拖着若干艘驳船前进,前后驳船用缆绳系结。它的缺点是顺水航行时不能制动驳船,必须逆水停靠码头,每艘驳船均需装舵,配备水手及其生活设施。后来,"拉着走"方式逐渐为"推着走"方式所取代,也就是驳船在前,机动船从后面推。这种船队称为顶推船队。顶推船队可有效地解决拖带船队的种种缺点。

推 船

螺旋桨导流管-舵装置

分节驳顶推船队

顶推船队的心脏是推轮,它的性能决定着船队的运行状况。所以推轮必须功率强大、操纵灵活,尺度要小以利于通过船闸和桥梁。基于这些要求,推轮的外形改用平头平尾,在首部装设顶推架和锁扣装置;发动机则用体积小的高速或中速柴油机,在需要增加推力时不是加大单机功率和螺旋桨直径,而是采用双机双桨或多机多桨;为螺旋桨加设导流管以使推出的水柱不致向四周弥散;在导流管前端装有倒车舵来提高倒车时的舵效应和推轮的机动能力。

美国是现代第一个开展顶推运输的国家,在技术上亦处于领先地位。它的大型推轮装有 4 台 4000 马力柴油机,驱动 4 个螺旋桨。在航速 11～16 公里/小时的情况下能在 1～1.5 个船队长度的距离内将船队停住,能在转向半径等于船队长度两倍的弯道上全速转弯,能在恶劣天气中顺水通过剩余宽度很小的桥梁和闸门,还可以顺流停靠码头。就机动性能而言,顶推船队是拖带船队无法望其项背的。

60 年代又出现了一种双体推轮,以其吃水浅、水阻力小、操纵性能优越、稳性好、长度相对较小和宽度大(甲板面积大)等优点而受到欢迎。

驳船实际上是单独建造的货船货舱。船体结构多采用双底双舷,货舱大多是没有隔壁的统舱,舱底采用加强结构。这是因为驳船主要运送用抓斗装卸的散货,设统舱便于装卸,加强舱底则是着眼于抗御抓斗冲击。装运散货的船一般不设舱盖,即敞口驳;用于件杂货的驳船则和普通货轮一样设舱盖;主要用于重大件货的甲板驳不设船舱,而是将货物直接置于甲板上;运送石油及其制品的油驳货舱基本上类似于海运油船。

驳船的外形经历了多次变化。拖带船队的驳船为尖首尖尾的流线型,单船所受水阻力较小。顶推船队的驳船为便于系结而改为平头平尾、船舷平直的线型,但首尾船底都是倾斜的,每艘船都要承受水阻力。后来将船尾改成箱型,再将两船尾端对接,从而使两艘船只承受一艘船的水阻力。最新型的驳船两端均呈箱型,在用它编成的船队中,所有的船底均处在同一水平上,且前后船间没有空隙,整个船队犹如一条浅水大船,使水阻力进一步减小。这种箱型驳船称为"分节驳船"。

分节驳顶推船队是以分节驳船多驳整齐排列,采用专用推船进行整体顶推运输的新型内河船舶运输方式,它与普通拖驳船队和绑拖船队相比较,具有减小船队阻力、提高推进操纵性能、降低能源消耗、节省原材料和增加船舶载量等突出优点,是国内外航运界公认的一项重大技术进步,成为当代内河货运的一种先进运输方式和发展方向。

驳船队的规模主要取决于航道条件,如美国密西西比河上游因受船闸和其它条件限制,船队载重量不大于 2 万吨,而下游的大型船队则由 30～40 艘驳船组成,载重 4 万～5 万吨,最大者可达 6 万吨。

为了便于编组船队,各国均对驳船实行标准化,西欧各国甚至制订了国际标准,将载重 1700、2200 和 2540 吨的欧洲 I 型、欧洲 II 型和欧洲 IIa 型驳船作为国际通航的标准船型。美国则将载重1000、1500 和 3000 短吨的驳船作为标准船型(短吨为美国衡制单位,亦称美吨,1 短吨＝2000 磅＝907.2 千克)。

各有所长的工程船和专业船

挖泥船 对运输船舶来说,挖泥船是它的开路先锋和"养路工"。在不能通航的地方开挖航道和在已有航道中清除沉积的泥沙,保持航道应有的水深。挖泥船的种类很多,从挖泥方式上可以分为机械挖泥和吸扬挖泥两大类。

机械挖泥方式是用型式不同的各种泥斗挖泥,有抓斗式、铲斗式、链斗式和斗轮式等几种。

抓斗式挖泥船的最初雏型是将陆上的散货抓斗置于船上用于从水底抓取泥沙。后来几经改进才成为今天的专用挖泥船。船体呈箱型、宽度较大,以便在抓斗连同抓起的泥沙移至船侧时船体不会有较大的侧倾。抓斗悬在可作360°旋转的吊杆上。它

依靠自重和下降时的冲击力揳进土中,收拢抓斗颚板即可将泥土抓起。抓斗有多种型式,可以适应不同的土质。抓斗容积小的不足 1 米^3,大者可超过 20 米^3,自重在 100 吨以上。

铲斗式挖泥船适于挖掘较硬的泥沙。工作原理类似于陆用掘土机。它用吊杆和斗柄将铲斗伸至水底挖泥。为了防止船体在掘泥的反作用力下后退,在船体前部装有两根可揳入水底的前桩,用于支撑船体和抵抗后座力。移动船位则主要依靠能够升降并可前后倾斜的后桩,在斗柄配合下即可移动船体。铲斗容积在 0.5～22 米^3 之间,最大挖深可达 15～18 米。根据铲斗挖泥时的移动方向,又可以分为

抓斗式挖泥船,斗容 6 米^3

正铲式和反铲式两种,前者从后向前挖泥,后者则相反。

这两种单斗式挖泥船均擅长于挖掘硬质土和清除航道中的障碍物,共同的缺点则是只能间断作业,生产效率不高。

用环形链条将几十个挖泥斗串连起来的链斗式挖泥船实现了连续作业,挖泥效率大幅度提高,最高者可达 1000 米³/小时。环形链条装在斗桥上,由上导轮带动围绕斗桥环行。挖泥斗行至斗桥下端时挖起泥沙,随后上行出水、卸出泥沙。

斗轮式挖泥船的作业情形与链斗式有相似之处,也是泥斗顺序下水挖泥。但它们的结构却大不相同,斗轮式的挖泥斗安装在一个大型的可以被驱动旋转的轮子上,轮子则装在臂柄的前端,由臂柄送到水下挖泥。

连续作业的挖泥船在生产效率方面自然要大大优于间断作业的单斗式挖泥船,但它们打“攻坚战”的本领却大为逊色。看来,“有所得必有所失”的道理在这里又一次得到了体现。

另一类挖泥船称为“吸扬式”挖泥船。它用泥泵将连泥带水的泥浆吸起排走。不过,如果单纯用泥泵汲取,遇到硬质泥土时就会无能为力,即使在软土中,泥浆的主要成分也是水,泥沙却很少。这当然极不经济,所以必须加大泥浆的稠度(泥沙含量)。为此可用绞刀将水底泥沙绞松汲取,或用耙头将泥沙刮起再泵吸。这样就形成了绞吸式和耙吸式两种吸扬式挖泥船。

绞吸式挖泥船的船体大多近似于长方形,船上的强大动力装置不是用于航行,而是用于驱动绞刀和泥泵。绞刀由圆形刀座和焊接或铆接于其上的刀片构成并安装在桁架形刀架上。作业时用吊杆将刀

铲斗式(反铲)挖泥船正在卸泥

链斗式挖泥船

斗轮式挖泥船

12000 马力绞吸式挖泥船(可挖深 25 米)

架下放至水底,转动绞刀时刀片即揳入土中绞松泥沙。绞松的泥沙与水混合成的泥浆被泥泵吸起排走。绞吸式挖泥船多不能自航,为了在作业时移动船位,在船尾两侧各装一根升降式定位桩,再在船的左右侧前方各抛出一个边锚,移船时先将一根桩插入水底,同时收紧同侧锚链,船体即向该侧斜向前移,然后再以同样方法向另侧前移。这样,挖泥船就向前"迈"了一步。与此同时,绞刀和泥泵将水底泥沙绞松吸走,完成挖深航道的任务。挖出的泥沙,则由像长龙一样浮于水面或从位于水底的排泥管送往抛泥区。抛泥的距离有时很远,所以泥泵要有很大的功率。

耙吸式挖泥船的船体类似于普通货船,有动力装置和推进装置,也有船舱,不过不是装货,而是装泥沙。在挖泥船的舷侧以铰接方式装有吸泥管和耙头,作业时将耙头下放到水底,在拖带滑行中由泥泵与耙头配合将泥浆耙起吸入泥舱。然后,挖泥船携带满舱的泥沙前往抛泥区,将泥沙通过舱底排泥门排放。为了便于开挖较硬实的泥沙,耙头上装有高压射水装置,用水来搅动泥沙以利于吸泥泵吸起稠度大的泥浆。

1960 年,委内瑞拉在疏浚奥理诺科河的河口时使用了一种新型挖泥船——边抛式挖泥船。它是从耙吸式挖泥船的排泥管上引出一根置于悬臂桁架中伸出舷外的排泥管,泥泵吸上来的泥沙不进入泥舱而直接由排泥管排放到下游水流中,由水流将泥沙带走。这样就免除了挖泥船前往抛泥区的航程,增加了作业时间,提高了生产效率,故而颇受欢迎。边抛式挖泥船排泥管伸出舷外的距离由几米到几十米不等,大多取决于工作地区的具体条件。

耙头喷射高压水　　　　　耙吸式挖泥船吸泥装置

边抛式挖泥船在工作

边抛式挖泥船(航行状态)

起重船　运送重大件货是船舶的特长,甚至重达几百吨乃至上千吨的重件货,船舶也能将其安全地运抵目的港。但是,为了装船和卸船,必须有相应的装卸机械。在通常条件下,陆上起重机械往往无能为力,不得不求助于起重船。

起重船,又叫浮式起重机、浮吊,是将大型和超大型起重机装在囤船上构成,起重能力多为100～300吨,最大者可达2500～3000吨。起重船按其起重臂型式又可分为固定臂式和旋转臂式两种。前者只能俯仰,后者可作180°或360°旋转。固定臂式起重船在吊起货物后必须移动船位才能将货物卸至

固定臂式起重船,起重量 3000 **吨**

旋转臂式起重船,起重量 2500 **吨**

适当位置,这自然不如旋转臂式方便灵活。可是它的结构和制造技术却比旋转臂式简单,造价也低得多。两种起重船均有自航与非自航之分,不过自航式起重船的航速不高,通常只有5～8节。大中型起重船除了额定起重量的主吊钩外,还装有1～2个小起重量的副钩,用于起吊较轻货物。有的大型起重船装有2～4个主钩,在几个主钩同时工作时达到额定起重能力。

起重船除了在港口从事重件货物装卸外,已经越来越广泛地在沿海建设工程中得到应用。像吊装船坞坞门、防波堤和码头用的方块和大型混凝土构件等等,都需要使用起重船。所以说,起重船在作为装卸机械的同时,还是沿海建设工程中不可缺少的施工机械。

打桩船、砂桩船和软基处理船　在水上工程中,桩基是常用的基础形式之一,于是用于兴建桩基的打桩船也随之出现。打桩船有一个箱形船体,首部耸立着导桩架,架上装有桩锤。导架的用途是控制桩的走向,桩锤则用于击桩入土。为了能够施打那些虽然为数不多但却时常出现的斜桩,打桩船的导桩架多能后仰,其角度约为15°。最新打桩船的导架不仅能后仰,且能前倾,俯角和仰角均可达到35°。桩锤驱动方式有内燃式、蒸汽式、空气式等几种,以内燃式为数最多,但打击能量最大的却是蒸

汽式和空气式。大型蒸汽锤已重达20吨。锤重加大是因为本世纪中叶以来，码头和许多其它水工建筑物移向深水，桩的尺度和重量均有很大增长的缘故。像外海石油码头前的防冲钢桩直径达1.8米，个别竟达3米。要打下这种重型桩，自然要求有巨大的桩锤和与之相匹配的动力装置了。

在基础工程中还时常遇到处理软土地基的问题，也就是要对含水量大、承载能力弱的软土进行一系列处理，提高其承载能力。砂桩排水和凝固剂固化软土是常用的方法，也有专用的船舶和机具。砂桩船的外形很像打桩船，同样装备有桩架和桩锤。打砂桩是将一根钢管桩的底口封住打入软土中，管中灌砂，再用桩锤施打并同时提升。利用钢管受打振动而脱离粘土的短暂瞬间将桩提起，此时底口的封口脱落或张开，砂即落下并在软土中形成砂桩。它周围软土中的水即可从砂颗粒间的孔隙以较快速度排出，使软土变得较为密实，承载能力也相应提高。现代的砂桩船一次可以打下四根砂桩。用砂桩固结软土的缺点是固结过程需要较长时间，一般都需要半年甚至更长的时间。

采用凝固剂固化软土时要使用软基处理船。在它的桩架上设有导管，其底部装有螺旋刀。在导管沉入软土并达到预定深度后，通过刀杆转动螺旋刀，同时通过导管向软土中吹入凝固剂如水泥等。用这种办法加固软土所需凝固过程较短，一般均不超过一个月，即可达到设计的承载能力。

砂桩船，可同时施打三根砂桩

软基处理船

打 桩 船

17000 吨级科学考察船"远望号"

敷管船　开发海底油田和建设外海石油码头都要敷设大口径海底油管。而原先采用的在岸上焊接成长管再拖到敷设地点沉至水底的方法由于存在着效率低、拖航困难等缺点已不能适应需要。1952 年美国建成了专用的海上敷管船，弥补了拖航法的种种不足，以后为许多国家所采用。

现代敷管船的船体有箱型、普通船型和半潜水型等几种。船上设有焊接站、X 光检查站和防腐涂漆站，能完成原来在陆地上进行的全部工作。焊接好的油管沿滑道下放入水。船上装有大型绞车可以确保安全滑放，还有用于搬动油管的旋转臂式起重机等。

海洋调查船　覆盖地球表面 70% 以上的海洋不仅蕴藏着极为丰富的宝藏，同时还有众多的奥秘尚未揭开，因而进行海洋调查也就成为许多海洋大国热衷的事业。海洋调查的内容极为广泛，如气象、水深与海底地貌、海流与潮汐、海水的物理化学特性、地球重力与磁场、海洋生物、矿产资源、海洋地质特征、海底地震以及极地考察、海水调查等，无不包括在内。广泛的工作内容要求海洋调查船必须拥有众多的专业试验室和研究室以及先进的测量仪器和装备，还要有施放和回收各种测量仪器的设施、机具以及必要的起重设备。工作的特点要求调查船，特别是全球性海洋调查船除了船体结构强固、稳性和适航性能良好、能携带长期海上作业所必备物品外，还要求其有极好的机动灵活、操纵自如的能力。

实施调查作业时，调查船时而需要以低速或微速定向平稳行驶，时而定位于一点不得移动，时而必须迅速转向甚至由前进转为后退。这些作业必须在风、浪、流的影响下完成，所以对调查船的动力-推进装置和操纵系统必须作重大改变。首先是改变了由内燃机或汽轮机直接驱动螺旋桨的推进方式，代之以动力机-发电机-电动机-螺旋桨的推进方式，即利用电动机在低转速时可稳定工作的特性，保证船能低速或微速行进。其次是在推进装置中采取多种措施来改进船舶机动性能，如用桨叶可以围绕自身轴线转动的可调螺距螺旋桨（变距桨）取代固定螺距螺旋桨（定距桨）；在船舵上安装电动螺旋桨来保证主螺旋桨低速工作时船舵也能有足够的转向推力使船快速转向，这种带螺旋桨的舵称为"主动舵"；在船体首部或尾部开出隧道并装上电动螺旋桨或是龙骨下设一全向螺旋桨（不用时提升到船体内）以形成横向推力使船能原地转向等等。在小型调查船上，甚至只安装集桨和舵的功能于一身的全向螺旋桨（也叫 Z 型或鸭型螺旋桨）。如果并排安装两台全向螺旋桨，就可以实现船舶原地旋转、横移、斜航等机动动作。

在大型调查船上设有供直升机起降的平台，而用于极地调查的船舶还需具备相当强的破冰能力。

破冰船　严冬季节，位于寒带的港口和航道往往被冰层封堵，这时就必须由专用的破冰船来为运输船舶打开通道。早期的破冰船大都是在木船首部和舷侧水线附近加装钢板而成。现代意义上的破冰船于 1871 年首建于德国汉堡造船厂。此后，位于寒带的北欧、北美国家陆续建造了相当规模的破冰船队，用于冬季维持航道畅通。

一般情况下，破冰船依靠螺旋桨产生的推力连续不断地撞碎冰层，并在身后留下一条与船宽相等的冰中航道。如冰层较厚，破冰船就依靠其推进力使倾斜的船首稍稍"爬"上冰层，再由船首的重力和螺旋桨的推力共同破冰。此时破冰船将在起伏的航速中前进。冰层再加厚时，船就不可能再前进和爬上冰层了。这时破冰船应后退2~3个船长的距离，然后全力前冲，使船首"冲"上冰层并将冰层压碎，多次重复这种后退—前进—压冰的过程，也可闯出一条冰中道路。如果冰厚达到压不垮的地步，还可以向船首压载舱中泵入海水，以更大的重量将冰压碎。当然，在硕大的冰障面前，破冰船有时也无能为力，这时就要求助于爆破技术了。

破冰船的工作过程已经表明，它的结构应当有别于普通的运输船舶：船体的外板要接连不断地与冰碰撞、磨擦，必须采用有足够强度和厚度并有良好低温韧性的钢板制造；船体的骨架必须特别加强、加密，使之在连续冲撞厚冰时也不会受损；在船的首、尾部都要有足够大的压载舱，以便翘起船首和压碎冰层；船的两舷也要有压载舱，以便在船被冰挤住时能左右倾斜压碎舷外的冰；对船体线型，特别是首部线型，必须根据工作水域的实际条件设计；连续破冰时，冰块可能损坏船桨和舵，所以要加装保护装置，常用的方法是在船尾部加装若干片类似飞机机翼的保护器，用来再次破碎冰块或将其挡开；连续破冰需要巨大的推力，因而破冰船主机必须是大功率的。像前苏联建造的"北极"号核动力破冰船的主机功率达7.5万马力，比30万吨的油船的主机功率还要大。

总之，破冰船的工作环境异常严酷，所以必须对船舶工作和船员生活的每一个细节都考虑周到，这样才能保证破冰船能够顺利完成打碎坚冰、开通航道的任务。

1972年，加拿大人意外地发现气垫船有极好的破冰能力，而且开出的航道平直、宽阔、流冰很少，破冰作业亦灵活方便。他们进行的对比试验表明，气垫船的破冰能力有时甚至比传统的破冰船还要好。当然也还有一系列研究工作需要进行，例如气垫压力与破冰能力的关系等等。不过人们已经预料到气垫船破冰将会有良好的发展前景。

破冰船

消防船　交付船舶运输的货物中,易燃品占有很大比重,运量居于首位的石油就是易燃品。每当油船发生海损事故后,大火往往接踵而至,所以各个港口和抢险救灾机构均配备有专用船舶——消防船,并保持 24 小时待命状态。

消防船的装备包括消防泵、消防水枪等。考虑到海船高度较大,所以消防船的水枪要装在升降平台上。从高处俯射灭火区不仅威力大,而且便于观察火情和确定关键部位。消防船还可以利用消防泵功率大、射程远的优势参加近岸地区的灭火工作。

可燃物种类繁多、性质各异,故不能仅仅依靠水扑灭所有的火灾。例如,浮于水面的溢油起火时,单纯用水灭火往往效果不理想。所以消防船上都备有不同的灭火剂,如泡沫剂、卤化物、固体二氧化碳(干冰)等。

对于消防船的性能,除了要求它具有强大的灭火能力外,还要求它航速高、能迅速赶到火灾现场;有较好的航海能力,在风浪较大时也能出海;还要机动灵活,即使在狭窄的水域中也能迅速转移船位,以便从有利的地位灭火。

海上拖船和港作拖船　许多海上工程船不能自航,在海难中受损的运输船也往往失去航行能力。为了将这些船移往新的工作地点或送至船厂修理,就不得不依靠其它船舶,主要是依靠海上拖船拖航。海上拖船必须具有结构强固的船体、较高的航速和良好的抗风浪能力,主机功率必须很大,一般均在 1 万马力以上。远程拖带又要求船上必须有足够的燃料储备,所以有些拖轮的燃料装载量竟达其满载排水量的 1/3,续航力均大多为 1.5~2 万海里(约 2.8~3.7 万公里)。

在港口内还有一种港作拖船,其吨位和主机功率都小于远洋拖船,主要用于在航行条件复杂时拖带货船。它还用于协助海船靠上或离开码头:当货船自行靠上码头时,船-岸间往往有宽仅数米的间隙,而此时又已不允许货船利用本身动力移动船位,于是就要用港作拖船从侧面顶推货船作横向移动,让其缓缓地靠上码头。离开码头时也要先由拖船将其拖至航道,然后才能依靠货船自身动力行驶。为了完成这项任务,拖船首部镶有厚厚的橡胶垫以防损伤海船的防腐涂层(油漆),船尾则有拖钩、拖柱、系缆绞车等拖带设施。

港作拖船的另一个用途是,当货船需要在港外锚地装卸货物时,用拖船拖带驳船队在锚地至码头间运送货物。

消　防　船

港作拖船

远洋救助拖船

明天的船舶

与其它运输工具相比较,速度慢是船舶的最大弱点,提高航速就是缩短货物的送达时间,所以许多国家的科学技术工作者都在这方面付出了巨大的精力并已取得了某些进展。船舶的燃料是石油制品,石油资源却是有限的,怎样利用其它能源来代替石油,也是一个重要的努力方向。

下面介绍几种正在研制和试验中的新型船舶,其中像小水线面双体船和风帆助推船已经得到了应用。

小水线面船 这是一种以减小水阻力为指导思想的船舶,它是在船体下方设一浮体,用扁长的连接柱与船体相连,当船达到一定速度后,浮体上升并将船体抬出水面,这样就使船体与水的接触面积大大减少,也就减少了水阻力,提高了船的行驶速度。这种船的工作原理在某些方面与水翼船有相似之处。

超导电磁推进船 这是正在研究中的利用电磁力来推进的船舶。据称这种船可以不用螺旋桨,航速能达到100节。在它达到实际应用阶段后,将使船舶的推进技术发生新的飞跃。

无动力船 石油、煤炭资源有限,或早或晚将会枯竭。于是充分利用自然界中取之不尽的能量——风,又成了人们关心的课题。早在70年代,日本就在1000吨的内燃机船上装上了由电子计算机控制的风帆用于助航。不过这艘船还是由船机提供主要动力,不能算是无动力船。德国一位教授设计的无动力船却完全依靠风力推进。风洞试验表明,顺风时的航速可达12~16节,最高为20节。

小水线面试验船

宁静的港湾

港　口

　　港口是指位于江、河、湖、海沿岸,具有一定的设施和条件,供船舶安全出入和停靠,以进行货物和旅客运输或其它专门业务的地方。人们修造港口是为船舶安全停靠提供保障、及时完成货物和旅客的运输,同时为船舶提供补给、修理等技术服务和生活服务。

　　港口一年内完成的水运转陆运、陆运转水运和水运转水运的货物总量(以吨为单位)叫年吞吐量,它是衡量港口经营状况的基本指标。

　　港口可按多种方法分类。

　　按港口的地理位置,可分为内河港、海岸港和河口港。内河港建造在河流、湖泊和水库内,简称河港;海岸港多建在海岸线上或海湾内,主要为近海和远洋船舶服务;河口港建在江河入海口的河段上或近海口的感潮河段上。河口港和海岸港统称海港。

　　按用途港口又可分为商港、军港、渔港、工业港和避风港等。商港为客货运输提供服务;军港专供舰艇停泊,物资供应及修理使用;渔港是专供渔船停泊、渔获物的卸船、冷藏、加工、转运以及渔具补充修理用的;工业港是厂矿企业专用的港口。在大型商港中,专供厂矿企业使用的码头称为货主码头;避风港专供船舶躲避风暴,并取得物资补充,进行维修之用。

　　按对进口的货物是否办理报关手续,港口又可分为报关港和自由港。

　　此外,按港口水域在寒冷季节冻结与否,还可分为冻港和不冻港。

港口发展史

人们建造房屋是为了给自己提供一个休息、生活和工作的安全场所，以免受大自然的干扰。与此相似，人们建造港口是为了给船舶提供一个安全停泊的场所。

古时候，由于条件的限制，船舶只能在有自然岸坡的水域靠泊，并无固定的设施作为港口的标志，那时所谓的港口，只是指船舶经常集中停靠的地方。港口的形成与所依托的城镇发展有直接关系，城镇经济发展到一定程度，与外地的物资交换增多，从而带来船舶的频繁进出和集中停泊。可以这么说，港口是伴随所依托城镇贸易的发展而产生的，从一开始，它便是经济发展的产物。

河道的变迁以及水流的冲击破坏，导致我们对最早的港口无法考证，不过有一点可以肯定，最早的港口是建造在内河上的。

腓尼基人约于公元前 2700 年在地中海东岸兴建了西顿港和提尔港（在今黎巴嫩）。此后，在非洲北岸兴建了著名的迦太基港（在今突尼斯）。古希腊时代在摩尼契亚半岛西侧兴建了比雷克斯港。亚历山大马其顿于公元前 332 年在埃及北岸兴建了亚历山大港。古罗马帝国在台伯河口兴建了奥斯蒂亚港（在今意大利）。汉莎同盟的汉堡港和虞卑克，从 8 世纪起就是德国和英国、荷兰和挪威用于交换波罗的海地区产品的巨大中心。威尼斯在 9 世纪已经成为巨大的港口城市。布留格港从 12 世纪就成了国际贸易的重要中心，是英国和汉莎商人的货物储存

1859 年的日本横滨港

站，安特卫普也在这个时期开始发展了。阿姆斯特丹这一在 13 世纪出现的普通捕鱼城市，由于靠近莱茵河贸易航道，15 世纪成为欧洲一大贸易中心，在 16 世纪又成为波罗的海和地中海沿岸各国之间的海上贸易中介港；从 17 世纪起，由于对船舶经过些耳德河河口的航行施行强制封锁，完全截断了安特卫普与海路的联系，从而使阿姆斯特丹变成了整个西欧的世界贸易港。从 16 世纪起，伦敦港就把英国东南部的所有大宗海上贸易招揽过来了。

工业革命后，随着世界经济的高速发展，开始了大规模的港口建设。除了一些老港，如伦敦港、纽约港、鹿特丹港、汉堡港、安特卫普港、马赛港、利物浦港、那不勒斯港和伊斯坦布尔港继续保持着贸易大港地位外，同时又出现了一批新兴的贸易大港，如神户港、下关港、新加坡港、洛杉矶港、温哥华港、名古屋港、香港港、上海港和科伦坡港等。

二次世界大战后，随着美国和亚太地区经济的发展，特别是日本经济的崛起，又掀起了一股港口建设高潮，仅日本沿海现在就有港口 1000 多个。

目前，世界上进行国际贸易的港口有 2000 多个，其中吞吐量超过 1 亿吨的有鹿特丹港、安特卫普港、纽约港、新奥尔良港、新加坡港、神户港、大阪港、名古屋港、横滨港和上海港等。鹿特丹港从 1965 年起成为世界上年吞吐量最大的港口。

现代横滨港

发展中的中国港口

中国港口的发展,在历史上曾有过辉煌的篇章,同中国古老的文化一样名扬四海。早在春秋战国时期,渤海沿岸即出现碣石港,以后发展为今天的秦皇岛港。汉代的广州、徐闻、合浦港已与国外有频繁的海上通商活动。到唐代,登州港、明州港(今宁波港)和扬州港也成为对外贸易通商的口岸。登州港是中国北方通往朝鲜、日本的主要港口。从明州港可渡海直达日本。扬州港地处大运河和长江的交汇点,出长江可东通日本、经南海西达阿拉伯。唐代高僧鉴真和尚东渡到达日本,也是从扬州港出发的。宋元时代,又建立了福州、厦门港和上海港等对外贸易港口。广州、泉州、杭州和明州是宋代四大对外通商口岸,元代曾来中国旅游的摩洛哥旅行家伊本·拔图塔在游记中写道:泉州港"为世界最大港之一,实则可云唯一的最大港"。

1840年鸦片战争后,帝国主义列强先后强迫中国开放广州、福州、厦门、宁波、上海、天津、青岛和汉口等港,夺取了在中国的筑港权乃至港口管理权。

中华人民共和国成立后,中国港口建设事业进入了新的发展阶段。50年代初,建成了有万吨级泊位的湛江港和有煤炭装卸设备的裕溪口港。

从1973年周恩来总理发出了"改变港口落后面貌"的号召之后,中国港口建设更为迅速。如,在大连港建成了10万吨级的石油码头,在宁波北仑港建成了10万吨级的矿石码头,在日照港建成了10万吨级的煤炭码头。1984年以来,先后开放上海、天津、大连、青岛、广州、北海、南京、武汉等30多个外贸港口,港口成了对外开放的窗口。经过40多年的建设,我国港口已具有相当的规模。到1992年底,沿海港口泊位已达到1007个,旅客吞吐量为6260万人次,货物吞吐量超过6亿吨。内河主要港口泊位超过3300个,旅客吞吐量近6000万人次,货物吞吐量近2.7亿吨。

城市与港口

在近代交通工具尚未出现之前,远距离的陆上交通是很不发达的,人们主要依靠水运来解决远距离运输问题。纵观历史,古代城市大多数是依水而建。在中国的15个大城市中,除北京、沈阳外,其余都在海边、大江边、大河边或大湖边。在城市交通主要依靠水运的情况下,港口作为水陆交通的枢纽,很自然地在城市的发展中占有举足轻重的地位。世界上许多经济发达的国家,莫不得益于港口。在西欧,荷兰、比利时、法国和德国港口之间的激烈竞争实际上是各国经济激烈竞争的一种表现。荷兰把鹿特丹港视为"立国之本",新加坡已经发展成为一个港口城市国家。

对于一些城市来说,港口往往是其"喉咙口",如鹿特丹、新加坡、香港和上海,这些城市的工业生产资料和居民的生活物资以及社会商品的进出口,很大程度上是依靠港口来解决的。在日本,外贸进出口商品95%以上是通过港口完成的。

自由港

对来自由港装卸货物的船舶,以及在自由港贮存、加工的货物,政府不征收税款,也不经海关人员的检查。分两种形式:一是完全自由港,即对所有进出口货物均免征关税;二是有限自由港,即对部分进出口货物免征关税。但输入国内市场的货物仍需征收关税。自由港可方便地为货主提供仓储及加工服务。建立自由港的目的在于鼓励和促进国际贸易,使之不受关税的限制。汉堡港、香港港、新加坡港都是世界上著名的自由港。20世纪90年代初期,中国也开始在上海、天津等大港口建立了保税区,保税区的意义与自由港是基本一致的。

天津港一瞥

43

港 口 设 施

在航运业以帆船为主、对货物装卸速度要求不高的时代，港口很容易满足航行的要求：给船舶一个能躲避风浪的场所，保证船舶随时都可安全、方便地靠岸。那时，在港口建设中占首要地位的并不是水工建筑物，而是一般的岸边仓库。工业革命以后，随着海上贸易的增长和船舶周转量的增加，迫使港口愈来愈多地采用人工防护建筑，对港口陆域及其机械设备所提出的要求也日益复杂。船舶尺寸的增加和蒸汽机船的出现，导致了加速装卸工作的必要，这就决定了装卸机械设备在港口的出现。为了适应加速装卸作业的要求，仓库愈来愈复杂化了，一些仓库演化成了有很高生产率的机械化仓库，另一些转变成了液体容器（装石油、植物油及酒类），还有一些则变成了冷藏仓库。有的港口还设有修船厂，对来港船舶进行航次修理以及对港作船舶进行维修。

现代化港口设施

港口码头

港 口 构 造

　　港口分水域和陆域两大部分。水域包括进港航道、锚地和港池,在防风防浪条件较差的海港建造的防波堤也是水域的一部分。水域岸边建有码头(栈桥式码头例外),岸上则有仓库、堆场、港区铁路和道路,并配备有装卸运输机械以及其它各种辅助设施。

　　在港口建设中,首先要考虑港口应具有良好的自然条件。一是港口多处于风浪较小的港湾,这主要是考虑到避风浪因素;二是港口应具有足够的水深,而且泥沙淤积少,这样就不必花大力气进行疏浚;三是港口的进港航道宽阔,有利于船舶进出,减少船舶碰撞事故等等。

　　在整个陆域部分中,码头是港口的心脏,它的大小、多少决定着港口的规模;码头造价的高低决定着整个港口的造价。

　　码头　说到码头,人们往往容易将它与港口混淆。应当讲港口是一个系统,码头是港口的心脏。

　　码头是供船舶停靠、货物装卸、旅客上下的水工建筑物。码头按用途可分为客运码头、货运码头以及工作船码头等;按平面轮廓可分为顺岸码头、突堤码头、墩式码头、岛式码头和系船浮筒式码头;按断面形状又分为直立式、斜坡式、浮式、半直立式和半斜坡式五种;按结构形式分有重力式、板桩式、高桩式、墩柱式、斜坡式和浮码头等。

　　在选择码头形式的时候,应根据河流水文特征、地形地质情况、货物种类、运量大小、装卸工艺以及建筑材料、施工工艺等因素综合分析并进行技术经济比较确定。

　　像建高楼一样,建码头也需要打好基础。码头的基础有天然地基和人工基础两大类。人工基础又有桩基、沉井等。但是浮码头是不需要打基础的。

　　进港航道　进港航道是指船舶进出港区水域与海、河主航道相连接的通道。对进港航道有两个基本要求,保证船舶航行安全和疏浚费用少,因此进港航道必须有适当的宽度、水深和方位。港口靠泊船舶的大小一方面与码头长度、水深以及码头结构的承载力有关,另一方面与进港航道的尺度有关。

港池 港池是指码头前供船舶靠离和进行装卸作业的水域。港池需有足够长的岸线用以布置码头,且应有足够的面积和水深供船舶调头和行驶。

锚地 供船舶安全停泊、避风、联检、等候泊位、引航、水上过驳或编解船队以及进行各种作业的水域叫锚地。

海港中的锚地分港内锚地和港外锚地。港外锚地可靠近进港航道,但不能占用进港航道。

在河港中,一般分到港锚地和离港锚地,供驳船队解队和编队作业。

锚地应有适当的水深和面积,不能占用主航道,不能影响船舶的装卸和调度。

防波堤 防波堤是用于防御风浪进袭港口水域,保证港内水域平稳的水工建筑物。它由块石、混凝土块体等材料构成。有的防波堤由港池两侧岸边向外伸出的双堤组成,有的则是一条从港池岸边某侧向外伸出的曲线形单堤,还有的是一条与岸线大致平行的离岸单堤。在风浪方向多变的港口,防波堤往往由双堤和离岸单堤组成。

高桩码头

防 波 堤

港口库场 港口库场是货物装船前和卸船后短期存放的仓库和堆场。库场按所处位置分为前方库场和后方库场。前方库场位于码头前沿近旁,供进港货物暂时存放和出港货物在装船前临时集中用;后方库场离码头较远,供货物集中和疏运周转之用。港务局对在库场存储的货物收取管理费,管理费是港口的主要收入之一。

港区铁路和道路 港区铁路指与铁路干线接轨点至港口范围内专门为货物装卸、转运的铁路。大型港口的港区铁路包括港前车站、分区车场和货物装卸线三部分,一般港口只设港前车站和货物装卸线。港区铁路的特点是围绕港区货场、仓库设置,一般较密集。有些小型港口特别是内河小港没有港区铁路。

港区道路指港内通行各种流动机械、运输车辆和人行的道路。它主要包括进港道路、主干道、次干道等。港区道路同疏港公路和附近城镇公路相连。港区道路的布置同各码头的装卸工艺相适应,构成环形,以利汽车运输并兼顾消防车的行驶。

港区辅助设施 港区辅助设施是保证船舶进港作业、货物疏运必不可少的设施。主要包括:供电、照明、通信、导航设施;给水、排水设施;辅助生产建筑,如港区办公室、候工室、工具库、流动机械库、机修车间等;燃料供应站,供应来港船舶所需燃料;港作船舶,如引航船、交通船、巡逻船、消防船、供水船、燃料供应船、港作拖船、驳船等;修船厂,对到港船进行维持航行安全所必需的航次修理,并对港作船舶进行维修。

港 口 库 场

47

港口装卸机械

港口装卸机械为船舶装卸货物和搬运港区内货物所用,机械的种类和数量根据货物种类、年吞吐量和装卸工艺确定,可分为起重机械、输送机械、装卸搬运机械等基本类型。目前港口应用的装卸机械有百余种,其中应用较广的有 30 种左右。

起重机械　起重机械是主要用于升降货物和水平运移货物的机械。它的工作特点是间歇性重复工作。起重机械类型很多。如汽车起重机、履带式起重机、塔式起重机、门座起重机、浮式起重机、桥式起重机,以及装卸桥、电梯、缆车、卷扬机等。大型港口常使用门座起重机。门座起重机因有门形底座而得名,又称门吊、门机,它有起升、旋转、变幅、行走 4 个能协调工作的机构。门座起重机沿地面轨道行走,门座下可通行铁路车辆和汽车。门座起重机臂架长,起升高度大,各机构工作速度快,因而工作范围大、生产率高,且可配装不同的取物装置。港口常用门机有 5、10、16、25 和 40 吨等。

门座起重机(门机)

装船机

船舶卸载机

装卸桥

集装箱吊车

带式输送机

输送机械 输送机械又称连续运输机械,它的特点是能连续不断地输送货物。该类机械主要有带式输送机、斗式提升机、气力输送机和链式输送机。

带式输送机是用连续运动的无端输送带输送货物的机械。输送带绕过传动、改向、张紧等滚筒,支承在托辊上。工作时,驱动传动滚筒,通过传动滚筒和输送带之间的摩擦力使输送带运动,将带上的货物运送到卸载地点。长距离输送时,为了提高输送带的拉伸强度,采用夹钢绳芯胶带,输送距离从几十米至万米以上。目前,应用最广的是胶带输送机。

装卸搬运机械 装卸搬运机械是用于装车卸车、货物堆码以及货物短距离水平运输的机械。主要有叉式装卸车、跨运车、翻车机、螺旋卸车机、牵引车和挂车等。

在轮式底盘的前方装有升降式门架和货叉的装卸搬运机械,称叉车和铲车。叉车和铲车广泛用于码头、库场和船舱内,工作时将货叉插入货板,然后提升货叉举起货物,进行堆码作业。叉车也常用作短距离运输,如果配上不同的取物装置像串杆、旋转货夹、货斗、抱夹等,还可装卸多种货物。叉车按动力装置可分为内燃叉车和蓄电池叉车;按结构形式则有平衡重式、前移式、插腿式、侧叉式和转叉式等多种。

翻 车 机

叉式装卸车

名 港 之 花

从世界范围来看,港口、大港多集中在经济发达国家。反过来说,发达国家的经济发展与港口的作用是分不开的。在经济活动中,港口往往是一个国家和地区的外贸门户,它带动着周围地区经济的发展。

世界上著名的港口大多分布于欧洲、北美和东亚,其中有些已有上千年的历史,有的是近几百年甚至于近几十年迅速发展起来的。港口的发展是与一个国家或地区的社会经济发展相辅相成的,是与全球经济一体化和经贸往来日益繁荣相适应的。

鹿 特 丹 港

鹿特丹是荷兰的第二大城市,鹿特丹港是世界第一大港,素有欧洲门户之称。鹿特丹港位于北纬51°54′,东经4°29′,莱茵河和马斯河的汇合处,马斯河辟有32千米的水道与北海相连。鹿特丹市平均海拔−1米左右,东北部卫星城亚历山大斯塔德平均海拔−6.5米左右,是荷兰的最低点。鹿特丹港始建于16世纪,从1947年起先后建成3个大型港区:鲍特来克港区、欧罗港区和马斯平原港区。鹿特丹港之所以能成为世界第一大港,除了有优越的地理条件外,还有庞大的内陆腹地。德国、法国、比利时和瑞士等国都在鹿特丹腹地经济区内,加上有发达的内河、铁路、公路、管道和航空与欧洲各地相连,从而使它成为欧洲最大的货物集散中心。1990年鹿特丹港外贸货物吞吐量为2.88亿吨。

现代化港口鸟瞰

马 赛 港

马赛港是法国最大海港,处在地中海的利翁湾。利翁湾没有强烈的潮汐和海流,潮差小,航道安全,是一个天然良港。马赛港始建于1520年,共有5个港区:马赛港区、拉沃拉和贝尔港区、卡隆特港区、圣路易港区、福斯港区。马赛港是当前世界上具有代表性的综合性工业港,进出口以石油、件杂货和集装箱为主。1990年完成货物吞吐量9023万吨。

汉 堡 港

汉堡港始建于12世纪,是一个开口潮汐港口,潮差2.5米,地处南北易北河汇合处。该港是德国最大的海港,1990年吞吐量为6100万吨。汉堡港共有7个港区,分别接卸散货、杂货、水果、大宗件货、集装箱和滚装货物、粮食、原油、煤炭等,港口腹地非常大。

汉堡港是以港口为中心形成城市的一个典型,素有"德国通向世界的门户"之称,它通过300多条航线与世界1100多个港口联系。汉堡港北部地区是陆路交通枢纽,建有欧洲最大的火车调车场,有680公里港区专用铁路与全国铁路网相接,水陆联运便捷,因此货物疏运主要靠铁路。

伦 敦 港

伦敦港位于泰晤士河两岸,范围从泰晤士河河口开始向上游延伸,越过伦敦桥直到特丁顿,长达152公里。主要有三个港区:印度和米勒沃尔港区、皇家港区、提尔伯里港区。由于伦敦港码头岸线较长,因此泊位较多。伦敦港进口货物主要是食品、粮食、原油及其制品、煤、木材、化工产品、钢铁、有色金属和矿石,出口主要为石油制品、水泥、机械、化工产品和车辆等。

汉 堡 港

伦 敦 港

纽 约 港

纽约港是美国最大海港,全港区以自由女神像为中心,40公里的距离为半径,总面积3840平方公里。港区岸线总长1200多公里,进港航道最大水深13.5米,有250个深水泊位。纽约港始建于1614年,港口分三个行政区:纽约、新泽西和纽瓦克。该港装卸作业的机械化和自动化程度很高,是较早应用计算机进行管理的港口。纽约港泊位共有400多个,其中集装箱泊位37个(1980年),是世界上较大的集装箱码头区之一。

纽约港有三大特征:其一是港口当局不仅管理经营港口设施,还兼管铁路、公路、桥梁、隧道和机场;其二是港口拥有大面积的商业用地,有权向港区内企业征税;其三纽约港由于横跨纽约、新泽西两州,为搞好港口管理,两州间签有管理条例。

新奥尔良港

新奥尔良港位于墨西哥湾密西西比河口以上180公里处。它既是深水远洋船港口,又是内河航运的集散地,港口南通墨西哥湾,内地和密西西比、密苏里、俄亥俄等河相连,腹地很广,是仅次于纽约的美国第二大港,也是美国河海、海陆联运的中心。

新奥尔良港

53

新 加 坡 港

新加坡港位于马来亚半岛南端、新加坡岛之南岸,地处太平洋与印度洋之间航运要道马六甲海峡出入口,是世界海运中心之一。新加坡由于缺乏自然资源,经济结构以商业(进出口、转口贸易)为主。该港没有关税,是一个全方位开放的自由港,它的集装箱吞吐量1992年排名世界第二,达756万个标准箱。中转贸易是该港的主要职能,达60%~70%。新加坡港还是世界上首先使用电子数据交换(EDI)技术的港口,极大地增强了港口的竞争优势。新加坡港1991年港口吞吐量达2.06亿吨。

神 户 港

神户港位于日本大阪湾北岸、本州岛西南,神户港南距大阪港仅30公里,历来被看作是大阪港的深水外港,两港合称阪神港。神户港区海岸线30多公里,防波堤13000多米,是日本最大的海港,也是日本最早接纳集装箱船的港口。

神户港共有6个码头区:港岛区、六甲岛区、摩耶码头区、新港突堤码头区、中突堤码头区和兵库突堤码头区。全港1990年吞吐量1.71亿吨,为日本第一大港。

釜 山 港

釜山港是韩国最大港口,位于朝鲜半岛东南端,北纬35°07′,东经129°02′。东南隔朝鲜海峡和日本对马岛相望。西临洛东江,东南临水营湾和釜山湾,有众多岛屿作屏障,是著名的天然良港,港口建于1443年。

釜山港是韩国的运输枢纽,有京釜、东海南部铁路线和京釜、南海高速公路通过。釜山港还是韩国最大的贸易港,进出口贸易额占全国总额的60%。出口产品有水产品、生丝、纺织品、胶合板等,进口主要是食品、肥料、棉花、机械和化工制品等。1990年全港货物吞吐量为6338万吨。

神 户 港

上 海 港

鸦片战争前,上海港航线已沟通南北沿海及长江内河各大港口。

上海港位于黄浦江下游和长江口段,居中国南北海岸线的中心,东临东海,西连长江,终年不冻、四季通航,港口经济腹地庞大,是中国经济最发达地区。铁路干线有津沪线和沪杭线,公路通过204、312、318、320国道,分别通往烟台、乌鲁木齐、拉萨和昆明,并与国内其它主要公路干线相通。1993年,上海港吞吐量达到1.76亿吨。

大 连 港

大连港位于辽宁省辽东半岛的南端。港区坐落在大连湾和大窑湾内,面向黄海,海阔水深,常年不淤不冻。大连港是中国东北地区与华东、华南、华北联系的水陆运输枢纽。1899年始建,现有大港、寺儿沟、黑嘴子、香炉礁、甘井子、鲇鱼湾6个港区。进出口货物遍及五大洲100多个国家和地区,出口货物中所占比重最大的是石油,进口货物以粮食、钢铁、金属矿石和化肥为主。1992年全港货物吞吐量为5909万吨。

香 港 港

香港港是世界三大著名天然良港之一,该港管理先进,港口费率在世界上是最低的。香港处于亚洲太平洋地区的中心地带,优越的地理环境带来了港口的巨大发展,同时港口的繁荣也带来了香港城市的繁荣。港口共有15个港区,其中维多利亚港区最大。进口货物以石油、粮食、蔬菜、纺织品和杂货为主,出口货物有石油及其制品、纺织品、服装、玩具、日用百货及杂货,该港也进行转口贸易。

1997年,香港将重归中国政府管辖。那时的香港内陆腹地将辐射整个中国南部,可以预见香港港将进一步得到发展。

上 海 港

上海港是中国最大的江、海港口,也是中国主要外贸口岸。隋代初年,上海地区形成了最早的内河港口——华亭港(今松江县城)。唐天宝五年(公元746年)又形成了河口港——青龙镇港(今青浦县)。北宋时青龙镇港已与日本、新罗、广南等地通航。南宋末年,港口位置移至上海镇,逐步成为本地区的主要外贸口岸。元、明、清代港口继续发展,到

大 连 港

三 江 航 道

海上航线与内河航道

海上航线是指船舶在两地间的航行路线,它一般以起迄点命名,世界主要的国际海上航线有大西洋航线、太平洋航线和印度洋航线。航线的开辟烙印着人类征服海洋的足迹。

内河航道指的是在江河、湖泊、水库、渠道和运河内,在不同水位期可以通航的水域。内河航道有些是利用天然水深,有些则要靠疏浚来维持船舶航行所需要的水深。

人工开凿的航运渠道称运河,用来沟通不同的江河、湖泊和海洋,缩短通航里程,改善通航条件。例如苏伊士运河的开通使地中海和红海的航运连接起来,巴拿马运河则将太平洋和加勒比海沟通起来。

海 上 航 线

人类早期的海上活动

考古工作者发现：在朝鲜、日本和太平洋一些岛屿上有中国龙山文化的孔石斧；在东南亚以及遥远的大洋洲的岛屿上，发现有高越文化的锻石锛。这可以证明，人类至迟在新石器时代就已经有了航海活动。公元前 4 世纪下半叶，希腊航海家皮戎阿斯驾舟从希腊当时的殖民地马西利亚（今马赛）出发，沿伊比利亚半岛和今法国海岸，再沿大不列颠岛的东岸向北探索航行到达粤克尼群岛，并由此折向东到达易北河口，这是西方最早的海上远距离航行。在此之前，地中海内的航行活动已相当频繁，在公元前 490 年发生的希波战争中，希腊就曾以数百艘长约 130 英尺、三层桨座的战舰抵抗波斯舰队。

春秋战国时期，中国的海上交通发展很快。秦始皇非常重视航海，统一中国后，曾五次巡视各地，包括渤海沿岸的一些港口，并在芝罘刻立石碑。他最后一次巡视是从镇江附近乘船出海，扬帆北上，再次到达芝罘。秦朝还有几次较大规模的航海活动，徐福东渡日本就是其中的一次。汉代不但开拓

了广泛的沿海航行，而且向远洋发展，远达印度半岛的南部和锡兰（今斯里兰卡），并以此为跳板，使得当时世界上两大帝国——东方的汉帝国和西方的罗马帝国连接起来，构成一条贯通欧、非、亚的海上航线。唐代为了扩大海外贸易，开辟了海上"丝绸之路"，船舶远航到亚丁附近。

航海事业的发展

公元 15 世纪是东、西方航海事业大发展的时代，航海家们充分展示他们的智慧和勇气，为后人发展远洋运输事业立下了不可磨灭的功绩。

郑和七下西洋　中国航海技术，经过汉、唐、宋、元几代的开创，在明代达到了很高水平，海上交通空前繁荣。1405～1433 年，出现了一个高峰，那就是郑和率领船队七下西洋。

郑和船队包括各类船只共计 200 余艘，前后历时 28 个寒暑，经过 30 多个国家，最远航程到达非洲东岸（今索马里和肯尼亚一带）。郑和船队的远航表明中国明代航海技术已达到相当完善的程度：能够熟练地掌握太平洋西岸和整个印度洋上的信风规律和海流形态；船队能以 4.5 海里/小时的航速持续航行；指南针已经广泛应用于航海事业，并能与星辰定向相辅相成。绘制的航海图，是中国第一幅亚非远洋航海图，具有可靠的实用价值。

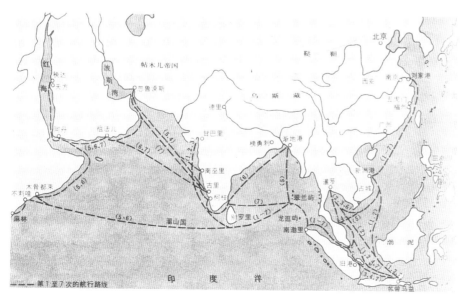

郑和下西洋路线图

郑和

海上航线与内河航道

迪亚士、伽马的航海活动 1487年来自葡萄牙航海学校的迪亚士,率领船队到达非洲最南端,当时那里叫做"风暴角"。葡萄牙国王认为既然能到达该地,就有到达东方印度的希望,因此,就将其更名为"好望角"。1497年葡萄牙的伽马率领船队从里斯本出发,再沿非洲西海岸南下,绕过好望角,于1498年抵达印度的卡利卡特,1499年沿原路安全返回里斯本。从此,葡萄牙船舶就经常取道好望角驶向东方,进行贸易活动。

哥伦布、亚美利哥发现新大陆 意大利航海家哥伦布在地圆学说的影响下,设想向西直驶渡过海洋,或许可以更迅速和更容易地到达东方的印度、中国和日本。他于1492年8月率领3艘圆首方尾的小帆船从帕洛斯出发,向西航行,以期能到达印度。1492年10月终于发现了陆地圣萨尔瓦多,他以为这就是印度附近的一个海岛,其实只是巴哈马群岛的一个岛。哥伦布并没有意识到他所登岸的是一个新大陆,认识到它是新大陆的是另一个意大利航海家亚美利哥。亚美利哥于1499~1500年与奥基达合作横渡大西洋,到达南美洲的亚马逊河口;1501~1502年他第二次到达这个大陆时,证实了这里不是亚洲,而是一个新世界。所以后人就以他的名字命名这个洲为亚美利加洲(即美洲)。

麦哲伦环球航行 葡萄牙航海家麦哲伦(F. Magallan,1480~1521)于1519年9月奉西班牙国王之命率领船队从圣罗卡出航,越大西洋,从南美

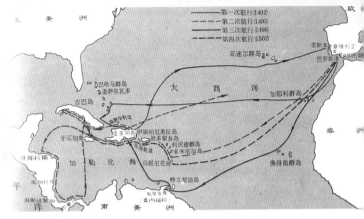

哥伦布历次航海路线图

洲东海岸南下,穿过南美大陆和火地岛之间的海峡(后命名为麦哲伦海峡)入太平洋,于1521年抵菲律宾,他本人因故被杀。他的船队后经印度洋于次年9月回到西班牙,完成了人类第一次环球航行。

国际海运航线

经过不懈的努力和长期的航海探索,人类已逐渐掌握了航海规律。海洋已不再是可怕的地狱,它正在被人类征服、利用。

世界的国际海运航线有大西洋航线、太平洋航线和印度洋航线。三大洋的航线通过苏伊士运河(或好望角)、巴拿马运河(或麦哲伦海峡、合恩角)和马六甲海峡(或巽他海峡)连接起来,形成一条环球航线。

海上航线在几何上可分为恒向航线、大圆航线、混合航线;按航线的性质可分为推荐航线、协定航线、规定航线;按所经水域可分为大洋航线、近海航线和沿岸航线。

麦哲伦环球航线图

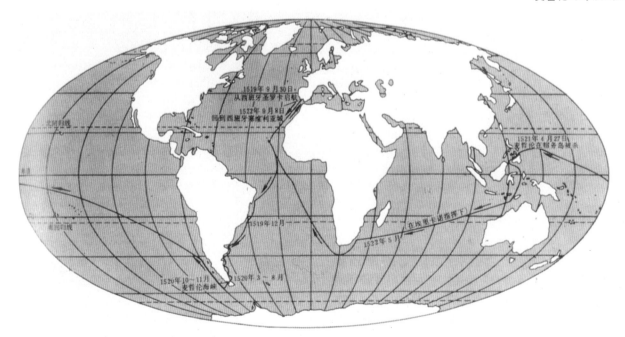

内 河 航 道

内河航道可分为天然河流航道、渠化河流航道和限制性航道三类。内河航道尺度包括水深、宽度和弯曲半径。为保证航行安全和维持一定的运输效益,各国对内河航道尺度规定有最小值,作为航道建设和维护工作的依据,内河航道的标准化受到世界各内陆水运国家的重视。由于各国的航运条件不一样,因此航道分级标准也有所不同。

1952年前苏联国家建设委员会公布了内河航道分级标准,规定了7个等级航道的水深、船型和桥梁通航净空尺度等。1960年欧洲经济委员会修订了1954年的欧洲内河航道网标准。1960年以来多瑙河委员会陆续公布了2400多公里的航道标准,规定了航道、船闸和桥梁通航净空尺度。美国陆军工程师团统一管理美国内河航道,对密西西比河和五大湖水域等均规定了水深标准。印度中央水利电力委员会也曾规定天然河流和运河的航道分级尺度标准。中国国家计划委员会1963年曾转发《全国内河通航试行标准》,在总结试行的基础上,1990年建设部公布了修订后的《内河通航标准》,并从1991年8月1日起施行。按这一修订后的标准,中国内河航道按7级划分。

船队通过葛洲坝船闸

内河航道网

中国在 7 世纪初建成的大运河,把钱塘江、长江、淮河、黄河和海河五大水系连贯起来,形成了一个内河航道网。法国在 17 世纪开凿了著名的朗格多克运河,它通过加龙河连接大西洋的比斯开湾和地中海,运河上建有 26 座船闸,提升水位 61 米,另建有 74 座船闸,可降低水位 185 米。德国在 18 世纪初开凿了连通易北河、奥德河和威悉河的运河。

世界上已基本形成三个现代化的内河航道网:以密西西比河为主干的美国航道网,以莱茵河为主干的西欧航道网和以伏尔加河为主干的前苏联欧洲部分航道网。

灯 塔

美国密西西比河干流由北向南注入墨西哥湾,密西西比河的上游和主要支流都已渠化。在北部经上游支流伊利诺伊河端的芝加哥运河同五大湖相通,然后沿圣劳伦斯海道东出大西洋;它的干流在河口附近同墨西哥湾岸内沿海运河连接,形成江河湖海相连的航道网。干支流航道总里程约 20000 公里,其中 9700 公里水深达到标准。

西欧的莱茵河流经瑞士、法国、德国,在荷兰的鹿特丹注入北海。它的上游和主要支流已经渠化,中下游也经过整治,下游同荷兰国内发达的航道网连通,流经联邦德国的一段通过多特蒙德—埃姆斯运河、中德运河、易北支运河和沿海运河同威悉河和易北河沟通。正在开凿的美因—多瑙运河将使莱茵河同多瑙河连通,直达黑海,航道网总长约 2 万公里。

伏尔加河由北向南注入里海,干线和主要支流已实现渠化。通过伏尔加河—波罗的海水道、白海—波罗的海运河、莫斯科运河和伏尔加河—顿河列宁运河,形成以莫斯科为中心,以伏尔加河为主干,沟通白海、波罗的海、里海、亚速海和黑海的航道网。

通航建筑物

通航建筑物是为保证船舶顺利通过航道上有集中水位落差的区段而设置的水工建筑物,又称过船建筑物。通航建筑物有船闸和升船机。为克服地理上的航行障碍而设置的通航建筑物有通航隧道和通航渡槽。船闸适用于各种吨位的船舶和船队,是通航建筑物中最常用的。

航 标

用以帮助船舶定位、引导船舶航行、表示警告和指示碍航物的人工标志,统称航标。随着航运的发展,天然标志如山峰、岛屿等渐渐不能满足船舶航行的需要。航标常设在通航水域及其附近,用以标示航道、锚地、碍航物、浅滩等,或作为定位、转向的标志。航标也用以传送信号,如标示水深、预告风情、指挥狭窄水道交通等。现代航标主要分为海区航标和内河航标两类。海区航标有视觉航标、音响航标和无线电航标。视觉航标又包括灯塔、立标、灯桩、浮标、灯船和各种导标；音响航标有雾号、雾笛、雾钟、雾锣、雾哨和雾炮等；无线电航标包括无线电指向标、无线电导航台、雷达应答标、雷达指向标和雷达反射器等。

内河航标各国不尽相同，中国目前分为 3 类 19 种。第一类是引航标志用于标示内河安全航道的方向和位置，有过河标、接岸标、导标、过河导标、道尾导标、桥涵标 6 种。第二类是指示危险标志，用于指示内河中阻碍航行安全的障碍物，有三角浮标、浮鼓、棒形浮标、灯船、左右通航浮标、泛滥标 6 种。第三类是信号标志，用于标示航道深度、架空电线和水底管线位置，预告风讯，指挥弯曲狭窄航道的水上交通，有水深信号杆、通行信号台、鸣笛标、界限标、电缆标、横流浮标和风讯信号杆 7 种。

港口船舶交通管理系统

港口船舶交通管理系统

港口船舶交通管理系统

港口船舶交通管理系统（VTS）

为使船舶在港口能安全、高效地航行，按期出入港而设立的管理系统叫港口船舶交通管理系统。19 世纪人们为了保证船舶在运河上的安全行驶，就已开始用人工信号实行船舶交通管理。1948 年英国利物浦港首次用港口雷达结合无线电话引导船舶在雾中进港获得成功。到 60 年代中期，欧洲许多大港先后建成港口雷达系统，用雷达链覆盖进港航道和港区，使船舶交通量大大增加，交通事故明显减少。为了进一步防止海上事故，特别是防止油船事故引起水上环境污染，VTS 应用范围到 70 年代已发展到国际航道、广大沿岸海区和近海开发区。1972 年美国首先建立用电子计算机自动进行信息处理的旧金山实验船舶交通系统，大大提高了交通管理工作的效率和水平。现代 VTS 主要包括三大系统：传感器系统、雷达成像系统和支援情报系统。

运　河

运河是人工开挖的通航水道。按其是否设置船闸分为有闸运河和无闸运河;按所连接的水域可分为通海运河和内陆运河。通海运河直接沟通海洋,通海的无闸运河又称海平面运河,如苏伊士运河、科林斯运河等,巴拿马运河为通海有闸运河。内陆运河连接内河水系,一般都为有闸运河,如大运河、伏尔加河—顿河列宁运河等。为避开险滩、风浪而在原有水路旁侧开凿的运河称为旁侧运河,如莱茵河旁的阿尔萨斯运河、美国东海岸和南海岸的岸内运河亦属此类运河,旁侧运河多是无闸运河。

中国、埃及、巴比伦、希腊和罗马帝国在公元前都开挖过一些运河,埃及曾挖过连接尼罗河和红海的运河。中国最早(春秋时代)开凿的运河是沟通长江和汉水的扬水运河,以后历代都有运河建设工程,其中大运河是经过许多朝代逐步开凿、连接、改建而成的,是世界上最长的运河。18 世纪下半叶至 19 世纪 70 年代,是欧洲、美洲运河建设的兴盛时期,19 世纪下半叶至 20 世纪上半叶,世界上建成了一些著名的运河,其中最著名的深水运河有基尔运河、苏伊士运河和巴拿马运河。

灵渠示意图

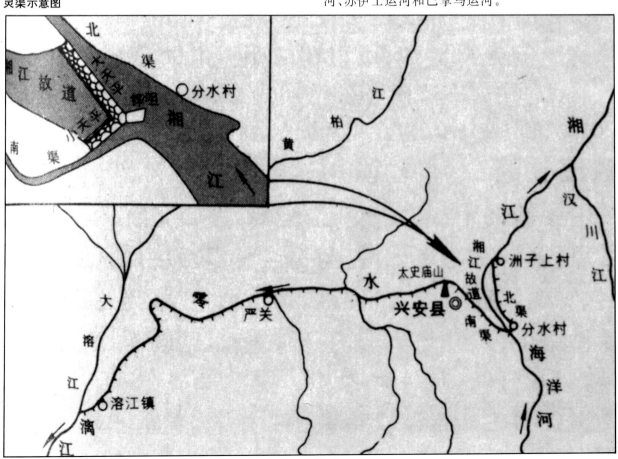

灵　渠

公元前 219 年,秦始皇为统一岭南,命监御史禄开凿运渠,连通湘江和漓江,使粮船由中原进入岭南。运渠于公元前 214 年竣工,初名秦凿渠,后因漓江上游为零水,又称零渠,唐朝以后称灵渠。

湘江上游的海洋河和零水上游的始安水在兴安县城北相距最近处不到 1.5 公里,中间隔一小土岭,名太史庙山,岭宽 300～500 米,相对高度 20～30 米。灵渠工程就是劈开太史庙山,引湘入漓。但此处湘江水位低于始安水,所以工程选在兴安县城东南 2 公里的分水村处建分水建筑物铧嘴和大、小天平石堤,将海洋河水分为两支,并从这里开南渠通往漓江,开北渠归入湘江,从而沟通湘漓两江。海洋河水约 3/10 进南渠,7/10 入北渠。南渠上段自铧嘴向北流经兴安县城,穿越太史庙山,再向西与始安水汇合,全由人工开凿,长约 4.5 公里,宽 7～14 米。灵渠天然比降大,不利航行,因此在渠中水浅流急处设置斗门(现称闸门),可随船舶前进而顺序启闭,调整水位,使船只逐级上行或下行通过渠道。灵渠上的斗门最早见于记载的,是公元 868 年李渤主持重修灵渠时建立的。

灵渠是世界上最早的有闸运河,也是最早的越岭运河。

大运河的变迁

大运河是世界上最长的运河,全长 1794 公里,贯通海河、黄河、淮河、长江、钱塘江五大水系,北起北京,南至杭州,经北京、天津、河北、山东、江苏、浙江等省市。大运河始凿于春秋末期,公元前 486 年,吴王夫差为了争霸中原,利用长江三角洲的天然河湖港汊,疏通了由今苏州经无锡至常州北入长江到扬州的"古故水道",并开凿邗沟。公元 587 年,隋为兴兵伐陈,从今淮安到扬州,开山阳渎,后又整治取直,中间不再绕道射阳湖。公元 605 年隋炀帝下令开通济渠,通济渠又名汴渠,是漕运的干道。公元 608 年又开永济渠,610 年继续开江南运河,由今镇江引江水经无锡、苏州、嘉兴至杭州通钱塘江。至此,建成以洛阳为中心,由永济渠、通济渠、山阳渎和江南运河连接而成,南通杭州,北通北京,全长 2700 余公里的运河网。唐、宋两代对大运河继续进行疏浚整修,航运大大发展。1283～1293 年,元朝进行了修建大运河的浩大工程,从今通县到大都开通惠河,直达今北京城内的积水潭。并修建御河、会运河、济州河等,从而使大都至杭州的南北大运河通畅航行。明、清两代对大运河进行了扩建。清代后期,漕粮经由海运特别是 1911 年津浦铁路通车以后,大运河的作用基本丧失。中华人民共和国成立后,于 1953 年和 1957 年兴建江阴船闸和杨柳青、宿迁千吨级船闸,1958 年至 1961 年,大运河苏北段进行大规模扩建,拓宽了航道,修建了解台、刘山等 7 座大型船闸。从 1982 年至 1988 年间,又对运河苏北段进行续建,对江南运河进行改建,并完成大运河与钱塘江的沟通工程,结束了"江河相望,咫尺难越"的千年历史。目前大运河的通航条件已大为改善,在运输上发挥了重要的作用。

大　运　河

巴拿马运河

巴拿马运河是凿通巴拿马地峡,连接巴拿马城和科隆克利斯托巴尔港,沟通太平洋和大西洋的国际运河。1524年,西班牙国王下令勘测通过巴拿马地峡的运河路线,1881～1900年在法国工程师F.莱塞帕斯主持下按海平面运河方案施工,耗资3亿多美元,仅完成了设计的1/3。1903年美国取得了运河开凿权和运河区的永久租借权;1904～1914年,美国改用以船闸提高中段水位从而使船舶跨越地峡分水岭的运河方案,历时10年,终于将此巨大工程开通。

巴拿马运河全长81.3公里,基本上是双向航道,航道底宽152～305米,水深12.8～26.5米,运河上共设三座船闸,通过运河的船舶长度不得超过297米,宽度不得超过32.58米,最大吃水12.04米。每年通过运河的船舶数量大约有14000～15000艘,通过的货物量超过1亿吨。

巴拿马运河

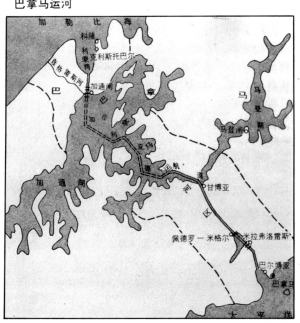

苏伊士运河

苏伊士运河位于埃及东北部,是著名的国际通航运河。它连接地中海与红海,北起塞得港,南至苏伊士城,长160公里,宽180～200米,深12～15米,为不设船闸的海平面运河。同时苏伊士运河也是亚、非两大洲的分界线。

苏伊士运河1859年始建,1869年竣工,是由"国际苏伊士运河公司"动用数十万埃及劳工开凿而成。1956年,埃及政府宣布把苏伊士运河收回国有。1967年6月至1975年6月因战争曾停航。

苏伊士运河的建成,使西欧到印度洋、西太平洋的海运航程比绕道非洲好望角要缩短5500～8000公里,经济效益非常显著。

苏伊士运河

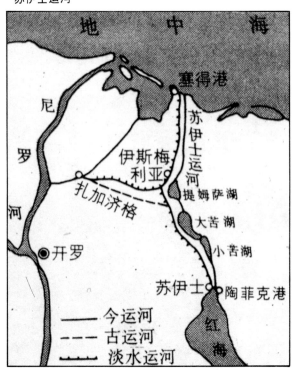

疏浚工程

疏浚工程是指采用人工或机械方法，为拓宽、加深水域而进行的水下土石方开挖工程。疏浚工程是开发、改善和维护航道、港口水域的主要手段。

古代的疏浚方法是人在木船或竹筏上使用长竿泥袋、长柄斗勺等简单工具捞取水底泥沙。15世纪荷兰人采用了搅动泥沙的疏浚方法，把犁系于航行的船尾，耙松河底泥沙，使其悬浮于水中，利用水流将泥沙带到深水处沉淀。16世纪荷兰人又创造出一种疏浚工具"泥磨"，施工时用人力或畜力转动平底木船上的大鼓轮，通过循环链条带动木刮板，将水底泥沙刮起，经溜泥槽卸入泥驳。17世纪初用铜制斗勺代替木刮板，成为现代链斗挖泥船的雏形。18世纪中国制造了名为清河龙的人力挖泥船，船上设有绞盘柱，柱下端围以铁齿，能插入泥中。作业时，用人力转动绞盘柱，带动铁齿挖泥。18世纪末出现了以蒸汽机为动力的挖泥船，疏浚机具得到不断改进。现在开辟或维护大船航道，主要用挖泥船进行疏浚。

小型绞吸式挖泥船（可挖深4米）

汽 车

　　虽然汽车问世只有百余年的历史,但它现已成为人类生活中不可缺少的组成部分。19世纪末期问世的汽车,最初只不过是简单的代步工具,在人们心目中汽车只是"不用马拉的马车"而已,甚至行驶途中遇到马车一类的畜力车还得"礼让三先"。稍有不慎,等待汽车和司机的则是嘲笑、谩骂,甚至是砖头石块。如今,当一辆辆精致典雅的汽车风驰电掣般驶过繁华的都市或辽阔的旷野时,它们的耀眼程度丝毫不亚于划破夜空的彗星。

　　此外,汽车已不再是单纯的运输工具,它的用途已深入到了人类活动的各个领域。从客货运输到闲暇娱乐,从工程施工到救护抢险,从和平社会生活到硝烟弥漫的战场,到处都有汽车的用武之地。如今,我们甚至可以形象地说,汽车车轮正载着人类社会飞速前进。

汽 车 史 话

汽车的历史可以追溯到一个多世纪以前。值得指出的一点是：汽车并不是由某个人发明的，它是由许多人经过不断的研究、试验、失败和改进逐渐演变而来的。从早期的探索、现代汽车的诞生、汽车的工业化生产和由贵族地位的象征变成寻常百姓的代步工具，汽车先驱们及其设计，无论是成功的还是失败的，都在汽车百余年发展史上占有一席之地，或如彗星之倏忽，或如日月之恒久。

早 期 的 探 索

早在 1769 年，法国陆军工程师古诺就制造出了蒸汽机驱动的三轮车。虽然随着岁月的变迁这辆车现已失存，但从现存于巴黎国家艺术馆的 1771 年制造的蒸汽驱动三轮大炮牵引车上，仍可看出早期的机动车与现代的汽车没有任何相像之处。

1860 年，比利时发明家诺瓦制成了首台用煤气作燃料的内燃机。但由于混合气(煤气与空气的混合物)在点燃前未经压缩，因此发动机的效率很低。

1876 年德国工程师奥托制成的第一台四冲程内燃机，为揭开现代汽车工业的帷幕带来了曙光。虽然它使用的燃料仍是煤气，但燃料与空气在点燃前先经压缩，发动机的效能大为提高。奥托研制的发动机成为历史上第一台能真正替代蒸汽机的动力机。

最早将内燃机应用于汽车的当属德国的戴姆勒和卡尔·本茨。从 19 世纪 70 年代中期开始，戴姆勒及同伴威廉·迈巴赫就开始研究用粗汽油(汽化的石油)代替煤气作内燃机的燃料。1883 年 12 月 22 日他们获得了发动机调速器发明专利。这项专利技术可将发动机的转速提高至每分钟 600 转。1885 年 4 月 13 日，他们又获得了世界上首台高速发动机的发明专利。这台小型高速发动机重仅 90 千克，转速为 600rpm(转/分钟)，功率为 1 马力。这是现代发动机的雏形，为现代汽车的诞生奠定了不可或缺的基础。

当代汽车

现代汽车的诞生

在戴姆勒与迈巴赫研究发明高速内燃机的同时，另一位德国人卡尔·本茨也在进行同样的研究。

经过多年对煤气发动机的研究，卡尔·本茨于1882年发明了发动机节流调速器（又称"节气门"）。卡尔·本茨通过研究发现汽油机具有更为优良的性能和广阔的发展前景。1885年，他将自己制造的一台单缸0.75马力的四冲程汽油内燃机装在一辆三轮车上，并于1886年1月29日获得了有史以来第一辆汽车的发明专利。本茨的发明标志着现代汽车的诞生。这也是汽车发展史上的第一个里程碑。

次年，戴姆勒把一台点火式汽油机装在了四轮马车上，生产出他自己的第一辆四轮汽车——发动机位于座位之下，采用舵把转向。随后他与迈巴赫又对汽车做了多次运行试验和改进，直到1888年发表了有关报告。戴姆勒公司于1889年开始生产的四轮汽车已具有商品的雏形。

卡尔·本茨与戴姆勒不但是德国汽车工业的先驱，而且也是世界汽车工业史上最具声望的领先人物。但是德国早期汽车工业的发展并不因为拥有这两位风云人物而一帆风顺。

1890年，由于与合伙人意见不一，戴姆勒退出了公司，待他于1895年重新加入时，公司已濒临破产。由于在1894年之前，德国没有新的企业家跻身汽车制造业取代戴姆勒留下的空缺，因此，可以说当时德国汽车制造业的发展全有赖于卡尔·本茨一手擎天。

本茨发明的第一辆三轮汽车

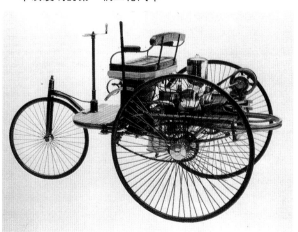

在对汽车发明家的赞美之声平静之后，德国大众对汽车的怀疑也日益增加。主要是由于以下原因：

首先，本茨最初是把汽车作为从事单一的商业性活动设备来宣传的：可以经济地运送货物，可在恶劣的路况下运行，可以爬陡坡等。然而在其它地方，尤其是在法国，小汽车被当作是一种令人向往的奢侈品，用于富有刺激性的娱乐和体育比赛。在1900年之前，德国产的汽车与法国豪华美观的小汽车相比简直是"丑小鸭"。正如本茨后来所说的那样：没人能相信会有人为了这种靠不住的、吱吱作响的铁家伙而舍弃一辆精致漂亮的马车。一位住在德累斯顿的奔驰车（本茨牌中文常译作奔驰牌）买主写道："你有这么一辆汽车，人们就把你当工程师来尊敬。可一旦发动机出了故障，等待你的却只有幸灾乐祸，而不是一双援助的手。"

其次，当时的德国皇帝认为"汽车只不过是火车的代用品"。他自己也是经过了18年的怀疑和犹豫之后，于1904年3月才第一次乘汽车出行。但从那之后，他仍不鼓励皇后与他乘车同行。直到1907年皇后才开始使用小汽车。

这一切无疑很难鼓励德国社会和有影响的贵族来支持这一新兴工业。

1888年本茨生产的第二款汽车

在此背景下,当时的德国政府及官员普遍存在夸大汽车会发生爆炸、火灾和交通事故的倾向,尤其是当有些德国司机的车速超过了警察及公众心目中的安全限度之后。每当司机们驾车驶过扬起尘土时,立即会遭到那些惊魂未定的路人的怒骂、警察的拘捕或者是不时飞来的石块。甚至到了1910年,如果哪个司机行车时撞了什么鸡、鸭、猫、狗之类的动物之后把车停下来仍不是明智之举,因为那样等待他的可能是来自众人的殴打,他的伤势将可能比他撞伤的动物更为严重。

当1893年11月,本茨的汽车终于获准在巴登州的道路上行驶时,在城区的限速为6公里/小时,在野外道路上的限速为12公里/小时。而且,一旦与马车相遇,汽车必须把车速降至最低。

在德国各地,汽车的境况可以说是举步维艰。甚至最小的辖区也有自己的一套法规,而且各地区都自行其是。由于当时还没有交通标志,所以对司机来说,驶进一个陌生的地方是件棘手的事,因为他不清楚当地的具体法规。而且有些地方当局专门找外地司机的麻烦,罚款成为地方政府的重要财源。所有这些都对汽车销售是个打击,因为人们不知道今后是否会更加严格地限制汽车的使用,或是完全禁止使用。

另外,还有一个重要的原因是最初的小汽车价格昂贵,当时德国人的购买力难以承受。对普通百姓来说,汽车只是可望而不可及的奢侈品。

卡尔·本茨与戈特利普·戴姆勒

卡尔·本茨(1833~1929),德国机械工程师,是个火车司机的儿子。设计并制造了世界上第一辆实用的内燃机汽车(1885年),1886年1月29日获第一辆三轮汽车发明专利。专利号为DRP37435。

1886年6月4日的《新巴登州报》对此作了首次报导。同年7月3日又报导了本茨专利小客车在曼海姆的公众面前作示范运行并取得"令人满意的结果"的消息。

在1888年慕尼黑的贸易与工业博览会上,本茨公司的司机每天开着本茨Ⅲ型汽车穿梭于城里的大街小巷。路人争相观看,并以坐在本茨身旁亲身体验乘车的感受为荣。

1906年他与两个儿子创立本茨父子公司(注:中文常译为奔驰公司),后与戴姆勒汽车公司合并(1926年)。

戈特利普·戴姆勒(1834~1900),毕业于斯图加特工科学校,是个面包师的儿子。

1883年12月16日,戴姆勒获热管点火系统发明专利,专利号为DRP28022。同年12月22日,他又获发动机调速器发明专利,专利号为DRP28243。依据这一专利技术可将发动机转速提高至每分钟600转,而当时发动机的转速均在每分钟100~150转以下。

1885年4月13日,戴姆勒与迈巴赫研制的小型高速发动机获发明专利,专利号为DRP34926,转速为600转/分,功率为1马力/600转/分;缸径×冲程为70×120mm。这是第1台获专利保护的高速发动机,也是第1台性能可靠的立式发动机。

1890年,戴姆勒发动机公司成立。

戴姆勒1887年生产的第一辆四轮汽车

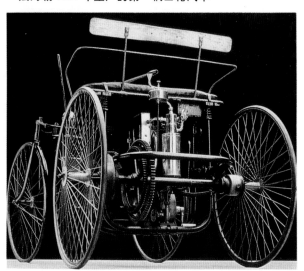

1893年本茨生产的第一辆四轮汽车

1895年潘-莱公司产首辆封闭式小客车

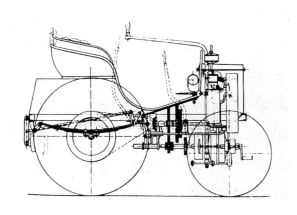

1891年潘-莱公司"前置后驱动"汽车结构示意图

汽车的工业化生产

虽然在汽车的发明方面德国人几乎是占尽风光、独领风骚,但迈出汽车工业化生产第一步的却是法国人。

在1889年巴黎国际博览会上,卡尔·本茨和威廉·迈巴赫送展的汽车并不引人注目。他们的汽车甚至被人嘲笑为"缺乏起码美感的一堆机器",在人们的心目中,充其量也只是"不用马拉的马车"而已。但是法国人潘哈德和莱瓦索尔却独具慧眼。同年,潘哈德与莱瓦索尔建立了世界上第一个汽车制造厂,并获得了生产戴姆勒发动机的专利许可,由此开始了汽车的工业化生产。

1890年,潘哈德-莱瓦索尔公司的第一部样车问世,发动机位于汽车中央。

1891年,潘-莱公司以其独特设计的第二部汽车树起了世界汽车史上的第2个里程碑。它采用的方案是:发动机装在汽车前部,通过离合器、变速装置和齿轮传动装置将驱动力传至后轮。这种"前置后驱动系统"后来被称作"潘哈德系统"。发动机前置最初的目的只是为了避免行驶时溅起的泥尘沾污、损坏发动机。不过,直到现在,世界各国仍有不少汽车制造厂采用这种"前置后驱动"方案。

莱瓦索尔是第一个视汽车为一种独特机械的设计师。莱瓦索尔不但制定了"发动机前置、后轮驱动"这一设计构想,而且他发明的栅管式散热器以及用离合器和多档变速器取代带式传动也是对汽车构造的一大杰出贡献。这种变速方式仍沿用至今。

潘哈德和莱瓦索尔不但使汽车走上了工业化生产的道路,而且还以其1895年生产的世界上首辆封闭式小客车使现代汽车从"无马马车"向"轿车"前进了一大步。

从贵族走向社会大众

汽车最初诞生和发展的摇篮是在欧洲,德国人发明了现代汽车,法国人开始了汽车的工业化生产。但真正推动世界汽车工业迅速发展,使汽车从王公贵族地位的象征变成社会大众代步工具的却是美国人。

美国汽车工业的摇篮是位于五大湖区的底特律城。该地区丰富的自然资源和发达的机械制造业、金属加工业以及来自工业发达国家英国的移民,为当时美国汽车工业的形成和发展创造了能源、技术和人才条件。

1893年,美国出现第一辆电火花点火的单缸汽油机汽车。1901年的奥尔型汽车是美国真正作为商品的汽车。1902至1903年,凯迪莱克汽车公司和别克汽车公司及福特汽车公司相继成立。在此后的5年里,通用、克莱斯勒、雪佛兰等汽车公司又相继诞生。1904~1908年美国的汽车制造公司已有241家。1908年,靠经营马车制造业起家的威廉·杜兰特在购买别克汽车公司,合并别克、凯迪莱克、奥兹莫比尔和奥克兰汽车公司后,组建了通用汽车公司,并于1911年合并了雪佛兰汽车公司,一举使通用汽车公司成为拥有7个汽车分部的当时全美最大的汽车公司。

这一时期,可以说是美国汽车工业史上群雄四起、人才辈出的昌盛阶段。而在这群星璀璨的星河之中,最为耀眼、影响最大的,当属福特汽车公司的创建人——亨利·福特。

1903年,亨利·福特与人组建了福特汽车公司,并于同年生产出第一辆福特牌汽车——福特A型车。1908年10月1日,福特汽车公司的T型车问世,T型车身采用钒化钢,发动机采用轻质合金,为4缸20马力,工作容积为2884立方厘米,转速为1600转/分钟。该型车的特点是轻巧耐用,对燃油质量要求较低,甚至可以燃用煤油比例很大的混合油。1908年,T型车只生产了309辆,市场售价为850美元。福特T型车是汽车史上的经典之作,堪称汽车发展史上的第3个里程碑。

福特汽车公司成功的奥秘在于低成本生产汽车。1909年,福特汽车公司的两位天才技师艾弗里和克兰设计出世界上第一条汽车生产线,使工人的操作和原料流程的组织更趋合理。在这种流动装配线上,各个工序的工人固定在各自的工位上,重复完成本工序的作业,而汽车沿着传送带在流动中完成全部制造、装配作业。

福特公司的生产流水线可以说是工业史上的一场革命。原来需要12小时28分才能生产出一辆汽车,而采用流水线作业只需9分钟,生产效率提高了80多倍。1909年,福特T型车产量仅10607辆;到1915年,T型车年产量达96万辆(售价也降至450美元),一举超过了德、法、英、意等老牌汽车生产大国的总产量,甚至相当于世界当时汽车生产量的一半。到1927年5月31日T型车停止生产为止,T型车总共售出1500余万辆。T型车开创了汽车大量生产的新时代。大量生产的特征是零部件标准化,并具有互换性。这样就降低了生产成本和汽车售价,同时也促使企业组织规模大型化。从此汽车已不再是贵族的奢侈品,而成了社会大众生活的一个组成部分,可谓"昔日王榭堂前燕,飞入寻常百姓家"。美国一跃成为世界超级汽车强国,被称为"汽车轮上的国家"。

1903年产福特A型车

1925年产福特T型车

甲壳虫型大众汽车

"小老鼠"

第一次世界大战对汽车工业的影响

1914～1918年的第一次世界大战在一定程度上影响了当时汽车工业的发展,但对后来世界汽车工业的发展仍有许多间接的促进作用。

一次大战期间,许多汽车制造厂改产飞机发动机,从中获得了不少有益的经验,据以改进汽车的设计、生产工艺和材料。像铝质活塞和顶置气门这两项在第一次世界大战时期的新技术,在战后的汽车制造业中得到了广泛的应用。

一次大战后的20年代是汽车技术发展较快的时期。1920年,美国加州的一位苏格兰移民鲁赫德研制出一种高效能的液压传动的制动系统。与传统的机械传动的制动系统相比,液压装置有两大优点:第一,液压制动的蹄片磨耗,不必考虑补偿问题。而机械式的制动装置,如各轮制动片磨耗不均,调整就非常困难,不易使各轮获得相等的制动力。第二,液压制动较机械制动费力少,且制动机构的设计也得以简化。液压制动系统的发明,极大地改善了汽车的制动可靠性与制动效能,从而使汽车的安全性能有了很大的提高。1922年,英国兰旗公司生产的汽车率先采用了现代汽车的前轮独立悬挂系统。所谓独立悬挂是指左右两个车轮的悬挂避震系统是相互独立的,各轮的上下运动彼此互不干扰。独立悬挂系统的主要特点一是改善了汽车的转向性能;二是当汽车左右车轮在不平的路面上行驶时,能保持车身的平衡,从而改善乘坐的舒适性。1923年,德国奔驰汽车公司率先将柴油机应用于汽车。与汽油机相比,柴油机具有更高的输出功率和

扭矩,油耗也较低。这样,汽车的动力性与经济性也得到了相应的改善。1928年,美国凯迪莱克公司推出同步啮合换档变速器,利用待啮合齿轮副端部锥面间的摩擦使其转速同步,然后啮合实现变速。同步变速器使司机在换档过程中不需再两次踩下离合器,一次即可实现换档,大大方便了司机的换档变速操作。

30年代的经济大萧条与汽车工业

20世纪30年代席卷西方的经济大萧条反而对汽车技术的发展和汽车制造业的规模化生产有一定的促进作用。这是因为:一方面,经济萧条对当时的汽车制造业有一种淘汰作用,使不少技术及经济实力较差的汽车制造厂自行倒闭,或者被一些大厂或集团收购、合并。另一方面,这一时期的汽车制造厂只能靠改进设计,以低价和外形取悦买主。

1931～1933年,德国的汽车天才费迪南·波尔舍博士设计了两部小型车。他将发动机装在汽车尾部,驱动后轮。后轮悬架为扭力杆弹簧,从而减少了由螺旋弹簧和板形弹簧所占的空间。这也就是后来名噪一时的"大众汽车"的前身。由于这种车体积小巧,外形像甲壳虫,所以后来"甲壳虫"几乎成了这种汽车的代名词。

1938年,希特勒纳粹党执掌德国政权,并负责为"大众汽车"的研制提供全部资金和人才延揽,从而使波尔舍的"大众汽车"得以大量生产。这种"甲壳虫"车以其小巧灵便、坚固耐用和良好的售后服务赢得了广大的用户,真正成了名副其实的"大众汽车"。甲壳虫车以数百万辆(总产逾2000万辆)的优势打破了福特T型车的产量纪录,而且使流线型汽车成为30年代的流行趋势。这种现在看来其貌不扬的"甲壳虫车"神话般地成为汽车发展史上的第4个里程碑。

几乎在德国设计生产大众车的同时,意大利菲亚特汽车公司也推出了甲壳虫型菲亚特-500小客车,俗称"小老鼠"。该车装有13马力4缸发动机,位于前轴前方,四档变速器,液压制动,独立前轮悬架,时速可达90公里。

第二次世界大战之后
汽车工业的复苏

二战期间,欧洲的大部分汽车厂被破坏,汽车产量也随战争时期人们对汽车需求量的剧减而大幅度下降。以英国为例,二战期间的全部汽车产量仅为1600辆。然而,汽车家族却也应战争的特殊需要而诞生了一位新成员——越野车。

1940年,为了对付希特勒的闪电战,美军陆军后勤部向全美135个厂家招标研制轮式通用车辆。后来,由威利斯公司和福特汽车公司联合研制出一种轻型军用越野车中标供战场上使用。军用越野车以其结构简单,便于操纵与维修,尤其是卓越的越野性能,深受盟军的欢迎。

二次大战之后,经过4~5年时间医治战争创伤和恢复重建,欧洲乃至全球的汽车工业才重新进入繁荣发展时期。从40年代末至50年代中期,欧美诸国在汽车设计和制造技术的改进方面取得了许多成绩。

二次大战结束后面世的新车,车架和车身多采用整体制法,既节省材料,又便于生产。另外,在战前刚开始应用的前独立悬挂系统这时已得到普遍应用。由于发动机的安装位置随着梁式前轴的取消而前移,乘客席位的空间相应增加。同时由于尾传动系统采用双曲线锥齿轮,使降低传动轴和车厢底板成为可能,车厢也就显得宽敞舒适了。另外,随着汽车底盘的降低,一方面方便了乘员出入汽车,另一方面,汽车的稳定性也有了改善。

从40年代末到50年代中期,弧型汽车挡风玻璃、无内胎轮胎(1948年)、支杆套筒阻尼减震器、电阻火花塞、转向信号灯、鱼尾鳍型车尾设计(1949年)、盘式制动器(1950年)、动力转向装置(1951年)、汽车空调(1952年)、液压气动自动调节车身高度悬挂系统、玻璃纤维材料车身(1953年)和汽油喷射(1954年)等技术相继问世,并在汽车制造业得以实际应用。

迷你时代的到来

1959年,英国奥斯汀·摩里斯的迷你车问世,可以说是二次大战之后汽车设计的最大革新,成为汽车史上的第5个里程碑。

该车由英国最富创意的设计家阿莱克·伊西戈尼斯爵士设计。阿莱克很早就醉心于小汽车的设计,他认为要拥有大众市场,汽车必须为4个人留出足够的乘坐空间。他在画第1张设计草图时就考虑了这一因素,并为节约空间,将发动机横置,变速箱安排在发动机的下方,前轮驱动。迷你车长为3.05米,宽为1.4米,重为630千克,发动机功率为34马力。迷你车一面市,很快受到大众的欢迎,超过200万辆的年产纪录证明了这一设计的成功。

奥斯汀·摩里斯迷你车的成功使英国和其它国家的汽车制造厂争相效仿,一时间迷你车成了当时汽车市场上炙手可热的时髦产品。

迷你-库伯车

二战中美式军用轻型越野车

阿莱克设计的迷你车

战后日本汽车工业的崛起

二次大战之后，欧美诸国的汽车工业经历了一个由恢复到发展的过程。尽管从汽车设计上，可以说迷你车是二战后最大的革新。但从汽车工业的整体来说，战后最大的发展首推日本汽车工业的崛起和繁荣。

日本的汽车业始于本世纪初，形成于本世纪30年代。1917年，日本首次批量生产三菱"A型"小汽车。1931年8月日产汽车公司（当时称汽车制造公司）生产了该公司第一辆达特桑牌小汽车。1932年的产量为150辆。1937年，日野汽车公司的前身东京汽车工业公司成立。同年丰田汽车厂在举母镇（现丰田市）建厂。

二战结束后的恢复阶段，日本以复兴汽车产业为宗旨，加上作为美军侵朝战争物资供应基地这一优势，使日本获得了资金及技术引进的条件。1952年，日本便引进了英国奥斯汀A40型汽车的生产专利，制造奥斯汀A40型小汽车。到1954年，日本由进口散件组装汽车变为实现汽车零部件的国产化，并形成了以丰田、日产、五十铃、三菱、马自达等10家汽车厂为骨干的汽车生产体系。

60年代是日本汽车工业飞速发展的时期，日本各大汽车公司纷纷调整生产格局和资金投入，平均每年投入资金1315亿日元，汽车产量也从1950年的3.2万辆增至1965年的187万辆。到1969年，日本的汽车年总产量达467万辆，一举超过法、英、联邦德国，仅次于汽车超级大国美国。到1980年，日本汽车年产量突破1000万辆大关，以1104万辆超过美国而跃居世界汽车生产大国的榜首。在1992年世界前12家最大的汽车制造厂排名中，就有5家日本的汽车制造厂入围。丰田、日产、本田、三菱和铃木汽车公司分别排在第3、5、9、10和12位，其汽车年产量分别占当年世界汽车总产量的9.5%、6.6%、4.4%、4.1%和3.1%。

1917年三菱A型小轿车

1932年产达特桑牌小汽车

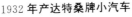
日本三菱公司生产的三菱轿车

日本产奥斯汀A40型汽车

汽车的结构和原理

　　从外表看,汽车由许多各种大小不同的管子、电线和数以千计的各种机械零件组合而成。通常一部汽车,平均大约由 13000 个不同的零件组成,其中将近 1500 个机件要旋转或做相互运动。这些零件所用的材料达 60 多种,从钢到纸板、从镍到尼龙等等。

　　尽管汽车的型式因用途不同而有很大差别,但是它们的基本原理和结构基本相同。一般汽车由发动机、底盘、车身和电气设备四个部分组成。

汽车剖视图

发 动 机

汽车最重要的部分是发动机,早先根据英文音译名称为"引擎"。发动机被看作是汽车的心脏,作用是使进入其中的燃料燃烧而发出动力,然后通过底盘的传动系驱动汽车行驶。发动机内部的正常工作温度,经常达到 700℃ 以上。燃料燃烧后,其热能仅有 1/4 是真正用于做功,产生动力推动汽车;而其它 3/4 的热能,需要良好的排气系统和冷却系统,将热量白白地散发到外面去。

汽车发动机有许多种类,例如汽油机、柴油机等。早期的汽车是使用蒸汽机来发动的,但由于其操作不便、效率低且过于笨重,因此当汽油机被发明出来之后,蒸汽机就立刻被取代了。

目前,最普遍应用的是汽车用活塞式内燃机。根据所用燃料不同,常见的有汽油发动机和柴油发动机;根据冷却方式不同,又分为水冷式和风冷式发动机。

发动机是如何产生动力的呢?拿汽油机来说,汽油与空气按照适当的比例混合后被送入发动机气缸的燃烧室里进行压缩,使混合气的密度增大。这时用一个火花塞点火,混合气就燃烧起来,产生了巨大的膨胀力,推动一个叫活塞的大塞子运动做功。活塞在气缸内上下往复运动,经连接杆而使曲轴转动。这种连续的曲轴转动,经飞轮传送出去,通过好多部件带动车轮转动。

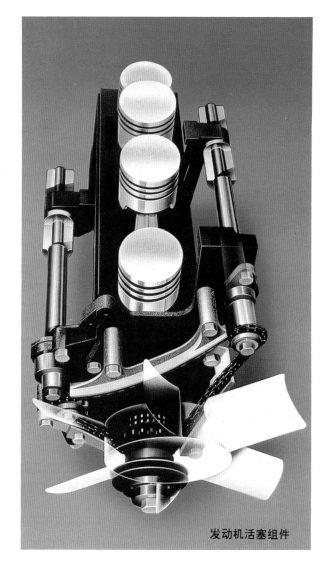

发动机活塞组件

汽油转子发动机是新型动力机之一,具有体积小、重量轻、升功率高等特点。

柴油发动机

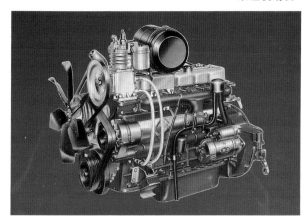

底 盘

底盘接受发动机的动力,使汽车产生运动,并保证汽车正常行驶。底盘由传动系、行驶系、转向系和制动装置组成。

传动系 传动系中有一个装置叫离合器,它是为保证汽车平稳起步和换上不同速度挡位时使工作平顺而设置的。还有一个变速器,是为让汽车以不同速度行驶而安装的。例如,汽车上坡时,为了使汽车有"劲"向上爬,就要把车速降下来。此外,还有一个叫差速器的,主要用来转弯用。当车轮转弯时,差速器就让汽车外面的车轮转得快,里面的转得慢。

行驶系 行驶系将汽车各总成、部件连接成一个整体,起到支持全车并保证行驶的作用。一般由车架、车桥、车轮和悬架组成。汽车行驶系的功能是把由传动系传来的扭矩转化为车轮对地面的推力而引起地面的相应反力——牵引力,再将牵引力传递到汽车的各个部分,以保证整车正常行驶。

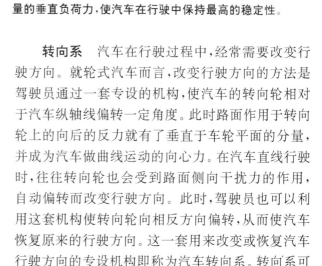

带横梁的底盘由高强度钢纵梁、间距适宜的横梁和加强性构件构成,能有效地吸收扭曲和弯曲应力以及载荷重量的垂直负荷力,使汽车在行驶中保持最高的稳定性。

带超速挡的 6 挡变速器

驾驶员用以转向的操纵装置

转向系 汽车在行驶过程中,经常需要改变行驶方向。就轮式汽车而言,改变行驶方向的方法是驾驶员通过一套专设的机构,使汽车的转向轮相对于汽车纵轴线偏转一定角度。此时路面作用于转向轮上的向后的反力就有了垂直于车轮平面的分量,并成为汽车做曲线运动的向心力。在汽车直线行驶时,往往转向轮也会受到路面侧向干扰力的作用,自动偏转而改变行驶方向。此时,驾驶员也可以利用这套机构使转向轮向相反方向偏转,从而使汽车恢复原来的行驶方向。这一套用来改变或恢复汽车行驶方向的专设机构即称为汽车转向系。转向系可按转向能源的不同分为机械转向系和动力转向系两大类。机械转向系由转向操纵机构、转向器和转向传动机构三大部分组成。动力转向系是兼用驾驶员体力和发动机动力为转向能源的转向系。

大发夏利

斯芭鲁 J104WD/FWDGL5 门小客车

马自达 Bongo 牌厢式小客车

本田 Acty 牌厢式客货两用车

日产贵夫人型跑车

旅行车和大中型客车

旅行车　随着人们对乘车出行舒适、便利等要求的提高,普通的小客车已无法满足这方面的需要。一是人们希望有更宽敞的乘坐空间以减轻旅途的疲劳;二是需要更大的货舱容积存放旅行必备的生活用品等货物。另外,人们对汽车的动力性也有较高的要求,以节约在途时间,使旅行更轻松惬意。

旅行车基本上由旅行轿车和大中型旅行客车组成,旅行轿车在外形上和小客车并无差异,通常只是座席更为宽敞,距离和靠背后仰角度可以按需调整。另外,尾部行李舱容积也比普通小客车的货舱要大一些,一般是可开启式后舱门,取放行李非常方便。

大中型客车　大中型客车也是客车家族的重要成员。从发达国家的情况来看,小客车的主要买主是家庭,而大中型客车的主要应用领域是社会,尤其是在旅游业和公共运输业的应用最为普遍。

大中型客车的乘员定额变化幅度较大,有十余人,有数十人,也有上百人,可以适应不同场合的特殊需要。

大中型客车的造型变化不像小客车那样多姿多采,最能给人新奇之感的恐怕要数双层客车了。与单层客车相比,双层客车可更有效地利用发动机的动力性能,提高单车运输效率。

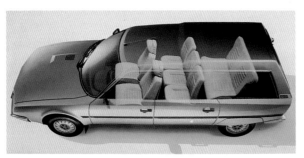

雪铁龙 CX20 型旅行轿车

德国大众汽车公司生产的帕萨特牌旅行轿车

日本途乐牌高顶旅行车

日本五十铃汽车公司生产的WFS型四轮驱动厢式旅行车

日本日野大客车

日本日野大客车

日本三菱 Aero King 双层大客车

日本日产 P-GA66T 双层大客车

纵横驰骋的轻型越野车

越野车是在第二次世界大战期间，为适应战时机动、灵活的快速反应需要而诞生的。良好的动力性和机动性是越野车的基本性能要求。在设计上，为保证其动力性和机动性，越野车通常采用可转换四轮驱动或常时四轮驱动方式。另外，汽车底盘一般也较高，以保证有更大的最小离地间隙（汽车底盘部件的最低点至地面的距离），而且选用的变速器挡位选择范围较广，发动机马力强劲，从而确保越野车能适应战时复杂恶劣的路况条件。现在，越野车的踪迹遍布世界各地，而且越来越多地被应用于非军事领域。轻型越野车在民用领域的应用日益广泛，无论城市乡村，都有轻型越野车的一席之地。

轻型越野车又被称作"吉普车"，有硬车顶、软车顶、短车身型和长车身型等多种车型。

日本大发汽车公司洛基牌 EX 短车身树脂顶越野车

冰雪中的北京吉普切诺基

切诺基载客时的透视效果

五十铃软顶越野车涉水情景

五十铃硬顶越野车越坡情景

形形色色的载货汽车

载货汽车也叫载重汽车。在外形上,单从车头型式来讲,我们日常最常见到的就有平头式和长头式两种;就车厢结构而言,有厢式、平板式和箱型;就整车结构而言,有单车(整体式)、拖挂车和汽车列车(铰接式)之分。

厢式载货汽车 小型厢式载货汽车一般用于运距较短、货物批量小、对运达时间要求较高的货物运输。封闭式的车厢可使货物免受风吹、日晒、雨淋,而且小型厢式载货汽车一般兼有滑动式侧门和后开车门,因此货物装卸作业非常方便。由于其小巧灵便,因此无论大街小巷均可长驱直入,真正实现"门到门"运输(指从发货人直接运达收货人)。因此,这种载货汽车相当广泛地应用于商业和邮政运输等各种服务行业。

小型厢式货车的车厢内有些还设有几个可翻转折叠的活动座席,平时可以载人,必要时可折叠收起以便腾出更大的载货空间。

平板式载货汽车 平板式载货汽车由小型/轻型送货车和大中型平板式货车组成。

轻型送货车又称"皮卡"(是英文 Pick Up 的音译),主要用于运送小批量的货物。"Pick Up"本身的含义是"集收",而实际上,不足整车的小批量零担货物的分送和集收是同时进行的。轻型送货车一般有单厢(驾驶室只有一排座位)和双厢(驾驶室有两排座位)轻型送货车两种。轻型送货车也被广泛应用于各种野外作业。

马自达 E2200 型厢式货车

日产达特桑平板式单厢轻型送货车

达特桑双厢平板式轻型送货车

大发 DELTA 载货汽车

日产柴油车 TWA52PH 型载货汽车（长头式）

箱式载货汽车　箱式载货汽车是近年来国际货车市场上的一支主力军。其特点是载货容积大，货厢密封性能好，尤其是近年来轻质合金及增强合成材料的使用，为减轻车厢自重、提高有效载重量创造了良好的条件。

拖挂车和汽车列车　拖挂车实际上由拖车（又称"牵引车"）和挂车两部分组成，通过一连接机构把二者相连。拖挂运输是提高运输生产率的有效手段。

挂车有全挂车和半挂车之分。全挂车相当于一个完全独立的车厢，所负荷载全部作用于挂车本身的轮轴，只不过是由牵引车拖着行驶而已。而半挂车所负荷载只有一部分作用于挂车的轮轴，其余则是通过连接装置作用于牵引车的轮轴上。

肯沃斯拖挂车（半挂车）

日产柴油车 CPB12MH 铝箱货车　　　曼牌汽车列车

曼牌未来型 SLW2000 城市载货汽车

专用汽车与特种车

专用汽车与特种车是汽车大家族中一个重要而且庞大的分支,是一支"特种部队",成员繁多,功用各异。在各种各样的运输、抢险、救助等任务中,专用车和特种车犹如八仙过海,各显神通。

专用汽车除了具备普通汽车能拉快跑的基本功能之外,还具备其它特定的功能,如自动卸载、举升起重、保温冷藏、防腐耐蚀等。特种车顾名思义,主要用于从事某种特殊的作业任务,如消防灭火、医疗救护、救灾抢险、公安巡逻、洒水除尘等。

自卸车 普通的载货汽车把货物运到目的地之后,需要动用额外的人力把货从车上卸下,既要占用一定的人力、物力,也要占用相当的时间,从而大大影响运输生产效率,尤其在运输散货(例如砂石、谷物等)时更是如此。自卸车的应用则可解决装卸效率低下的问题。

自卸车(俗称"翻斗车")的工作原理是由司机通过操纵机构控制举升装置,使货箱倾斜从而利用货物的自重实现卸货的目的。自卸车一般有向后单向倾翻式和向后及左右三向倾翻式。

后栏板起重载货汽车 自卸车虽然能解决卸货效率低的问题,但装载时的问题仍没有解决。而后栏板起重货车则可有效地解决装载和卸载两个环节的作业效率问题。此类车可由液压机构操纵后栏板的升降。借助该起重装置,司机一个人可自行装卸汽油桶、高压储气罐、啤酒桶等大重量的物品。

起重运输车 起重运输车有时又称作"起重机汽车",司机可通过控制车上的吊车进行货物的装卸作业。这种车辆主要用于野外作业,可不受货物装卸地点装卸条件的限制。这种随车式吊车也叫"车载式起重机",可以节约户外作业所需的人力和时间。

冷藏/保温车 在运输生鲜食品或其它需要控制温度的物品时,冷藏/保温车具有无可替代的优越性。

冷藏/保温车车厢内侧一般衬有具有卓越隔热性能的材料。加上制冷设备,使冷藏/保温车如同一个移动式的大型冰柜,可确保货物在运输途中不会受热变质。有时保温车没有专门的制冷设备,而是利用干冰或冰来使货物保鲜。保温车主要用于运输不宜冷冻又要保鲜的牛奶、蔬菜、鸡蛋等食品。

三菱 Fuso FV 型翻斗车

日产卡星后栏板起重载货汽车

日产卡星牌起重运输车

五十铃 NPR 型冷藏车

罐槽车　罐槽车因其罐状车身而得名,主要用于运输各类液态物如油、水、沥青及其它化学品。所以罐槽车可进一步细分为水罐车、油罐车、化学品液罐车和罐式散货自卸车等。由于所运货物的化学、物理特性不尽相同,各式罐槽车在材料及内部结构设计上各有不同的要求,如防腐、防静电、耐高压等。另外,为预防万一,油罐车和化学品液罐车通常还配备与所载货物相应的消防器材。化学品液罐车的罐体上通常还清晰地注明了所载化学品名称,以在运输途中警示来往车辆注意安全。

散货自卸车　以前像水泥、粮食、饲料一类的散货是采用袋装的形式进行运送的,既要耗费大量的包装材料,又要在各装卸环节动用大量的人力及装卸机械,而且作业效率较低。散货自卸车通常采用管式吸排的方式,利用气压实现货物的装卸,既节省了人力,又减小了袋装散货因包装破损而造成的浪费。资料表明,采用散货自卸车装运水泥,可提高装卸效率 20 倍,节约人力 95%,减少水泥耗损 4.5%。

除气压吸排式散货自卸车外,还有倾斜自卸式、螺旋传送式等多种散货自卸车。

日产 TWA52PL 型油罐车

日野 Jet Pac 型气压排放式粉状散货运输车

集装箱运输车　集装箱运输是件杂货运输方式的重大革命,目前工业发达国家及部分发展中国家和地区的件杂货运输已基本实现集装箱化。集装箱运输具有一系列优越性,如节省包装费用、提高装卸效率、减小货损货差等。因此集装箱常用于运输易碎、易损和价值较高的成品或半成品。

集装箱运输车一般带有特殊设计的锁定装置,可将箱体固定在车身或车架上,从而保证途中的运输安全。

可互换车身底盘车　与自卸车、集装箱汽车等可以提高货物装卸效率、缩短汽车等待时间的效果一样,可互换车身底盘车最直接的效益是降低货物装卸环节对运力的占用程度。可互换车身底盘车本身一般都装备车载式装卸设备,可自行完成装卸作业。把货物运到目的地后,将车身卸下,然后装上载有待运货物的车身即可立即起运。

日产柴油 CA60BT 型集装箱运输车

曼牌可互换车身底盘车

消防车　俗语说"水火无情",人类历史上曾发生过无数次灾难性的重大火灾。无论是在城市还是在农村,无论是在工厂还是在居民区,火灾一直是威胁人民生命财产安全的一头猛兽。而消防车则是与这头猛兽搏斗的勇敢斗士。

最常见的消防车是利用"水火不容"的道理灭火。但并不是所有的火灾都可以用水来扑灭。如果燃烧的物质是具有某些特殊性质的化学品或是某些不宜接触水的贵重仪器设备,则使用的灭火材料也有所不同,如泡沫灭火剂、干冰、粉末灭火剂等等。

救护车　对于危重病人来说,时间就是生命,就是希望。救护车可以说是与死神争夺时间的。为了病员或运载病员的担架上下方便,救护车一般都设有宽敞的边门及可以开启的后门。此外车内还配有一定的急救处置设备。

垃圾车　垃圾车又称垃圾集装车,用于集收并运送城市街道、居民生活区或其它场所的各种垃圾。垃圾车一般均设有提升倾翻装置,可自动完成垃圾箱的提升及倾卸作业。

道路清扫车　道路清扫车又称扫路机,主要用于街道、广场、停车场、公路等公共场所的清扫作业。扫路机一般具有洒水和清扫除尘两种功能。从清洁作业方式来说,一般有清扫和吸尘两种。通常一辆道路清扫车会同时具备这两种作业功能。

污泥吸排车　污泥吸排车主要用于城市街道、广场或其它场所的下水道的清淤作业,利用空气泵所产生的真空负压将污泥和积水清除。

日产佳奔牌救护车

作业中的达夫牌污泥吸排车

曼牌道路清扫机

MAGIRUS DEUTZ SLF24/100-2 型消防车

曼牌垃圾车

除雪车　冬季漫天的飞雪,虽然给人们带来了不少美的享受,尤其是给天真烂漫的儿童带来了无穷的欢乐,但也会给交通带来许多不便,甚至会带来灾难。冬季厚厚的积雪可以使公路交通中断,可以使交通事故增加,也可以使整个航空港陷入瘫痪。

除雪车除雪的方式可以是铲,可以是吹,也可以是扫。更准确地说,除雪车是犁雪机、吹雪机和扫雪机等的统称。但现有更多的除雪车是集犁雪、吹雪和扫雪的功能于一体。

汽车割草机　汽车割草机通常用于公路边坡的养护作业。该车装有可控制的伸缩臂及可以根据边坡坡度随意调整的刀架。在车辆行进的同时完成边坡草皮的修剪作业,从而美化道路景观。

高空作业车　无论是园林工人修剪树枝,还是建筑工人修桥架梁;无论是城市街灯的保修,还是通信管线的架设等高空作业,高空作业车都是人们的好帮手。

汽车挖沟机　汽车挖沟机可用于农业灌溉沟渠的挖掘和疏浚,也可用于道路两侧排水沟渠的清淤养护作业,是养路工人的好帮手。

公路救险/清障车　救险/清障车可为故障车辆提供流动修理服务,也可将故障车辆拖至附近的汽车修理站。一般在救险/清障车的尾部设有拖挂装置,车上装有吊杆,可将故障车辆吊起,协调拖挂作业。

救险/清障车可分为小中大型三种,分别适用于处理各种不同载重量或载客量的故障车辆。此外,救险/清障车还可用于清除各种违章停放的车辆。

公安警车　公安警车主要用于执行维持治安、整顿交通、公安巡逻等任务。一般应具备良好的机动性和出色的动力性,以对各类意外事件做出迅速反应。

囚车　囚车是一种用来押运囚犯的特殊设计的车辆。驾驶员与囚室之间设有隔壁,执勤人员与囚犯之间也有特殊设计的隔壁,保证囚犯处于严格的监控之下,从而确保安全顺利地完成囚犯的押运任务。

专用车和特种车除了以上介绍的这些之外,还有其它如洒水车、电视转播车、飞机加油车、小客车载运车、移动通信车等。随着科学技术和人类社会的发展,还会有更多的专用汽车和特种汽车加入到汽车这个大家庭中来。

曼牌除雪车

曼牌 112 型汽车割草机

奔驰牌高空作业车

奔驰牌汽车挖沟机

曼牌中型抢险车

日产途乐公安警车

日产碧莲囚车

曼牌机场洒水车

运动车、跑车与赛车

本世纪 20 年代,各国汽车制造商竞相推出新款跑车,像意大利的阿尔法·罗密欧,法国的布加蒂,德国的奔驰在这期间都有跑车面市。在以后的几十年间,世界各地各式各样的汽车赛事日益增多,使各国制造的汽车有了更多的角逐争雄的机会。

赛车运动的历史几乎与汽车的历史一样长。从 1894 年起,法国就组织了巴黎——鲁昂汽车大赛,德国也从 1899 年起就举办各种汽车赛事。当时的汽车比赛与其说是一种娱乐,还不如说是一种宣传促销活动。目前,国际上已有了专门的汽车比赛机构,如国际赛车联盟(FISA)。赛车已像田径、足球等一样成为一项全球性的深受人们喜爱的体育竞赛项目。比较著名的汽车赛有世界汽车拉力锦标赛、世界赛车锦标赛、勒芝 24 小时耐力赛、巴黎——达喀尔汽车拉力赛等。

汽车竞赛用的四轮汽车可按其结构分为两大类,即"方程式赛车"和"跑车"。我们从电视中经常看到的"一级方程式"即格兰披治赛车就是方程式赛车的典型代表。一级方程式赛车要求装用一台 3 升容积的发动机(如采用涡轮增压技术则为 1.5 升),最大输出功率约为 600 马力,车体重量不超过 600 千克。二级方程式和三级方程式赛车的外形与格兰披治赛车相同,发动机容积为 2 升。方程式赛车在竞赛中列 D 组。

跑车列在 C 组,在外观上与方程式赛车最明显的区别是其底盘和车轮被外壳全部盖住。C 组赛车为双座位型,所用发动机须经国际赛车联盟(FISA)认可。C 组赛车有两种车身设计,一种带顶篷,另一种不设顶篷。

意大利产阿尔法·罗密欧跑车

20 年代德国产奔驰牌跑车

30 年代英国产侏儒牌跑车　　1931 年英国产摩根牌高级跑车

国际赛车联盟（FISA）规定的自由方程式赛车列为 E 组，E 组赛车有方程式和跑车类型，具体由主办单位决定。

汽车赛事除一级方程式大赛一类的场地比赛之外，还有通常在野外公路上进行的汽车拉力赛。前者的比赛跑道是经特殊设计的，就像田径比赛一样，汽车是在同一跑道上反复绕圈行驶。而后者的道路状况则完全取决于大赛起点与终点间的路况条件，有时甚至需要跋山涉水。像巴黎至达喀尔汽车拉力赛还需途经荒无人烟的沙漠地带，比赛中经常发生汽车失事、人员伤亡事故。

马自达 MX-04 型跑车

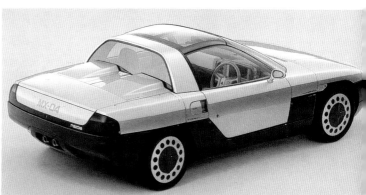

马自达 757 型跑车参加 1987 年勒芒 24 小时耐力大赛时的情景。

比赛中的丰田 CELICA 跑车

蒙特卡洛汽车拉力赛

澳大利亚汽车拉力赛中的丰田汽车

正在参加世界汽车拉力锦标赛的日产 Violet 赛车

世界著名的法拉利跑车

一级方程式赛车（格兰披治赛车）

参加 1986 年蒙特卡洛汽车拉力赛的马自达 323 型 4WD 赛车。从照片上可以看出汽车正行驶在积雪的山道上。

汽 车 工 业

汽车工业是一个国家的支柱产业之一,也是一种综合工业。一个国家的汽车工业发达,在一定程度上显示着这个国家的强盛;一个国家汽车工业的盛衰,足以表示其工业水平的高低。

自 19 世纪 80 年代中期制造出实用化汽车以来,汽车工业一直稳定地持续发展。汽车的使用和汽车保有量与日俱增。汽车的大量应用向越来越多的国家和地区迅速扩展。

日本马自达汽车制造厂一角

时至今日,汽车工业形成了以美国、日本和欧洲为主体的世界三大汽车生产基地。同时,韩国、中国、印度、马来西亚、巴西等国家的汽车工业亦具有相当的规模和水平。

现代汽车工业生产高度集中,在各汽车生产大国,汽车生产控制在少数几家大公司的手里。另一方面,为了降低成本 打破贸易壁垒,壮大实力和开拓国际市场,汽车工业的生产组织和合作范围已超越国界,各大汽车公司纷纷在国外甚至于在发展中国家设厂、办企业。

汽车工业因拥有雄厚的资金和技术力量,所以产品也多种多样。像通用公司又是飞机和飞机发动机的主要生产厂家;丰田、日产还生产诸如铁路车辆等产品。汽车工业关系着各主要工业化国家的经济命脉,强烈地影响着这些国家的国际贸易平衡、工人就业及至社会稳定。汽车工业能促进机床制造、炼油、炼钢、玻璃、橡胶、油漆和其它工业以及公路、桥梁等事业的发展。在美国,几乎1/4的钢、3/5的橡胶用于汽车工业。汽车的发展也影响到人们生活、工作习惯和社会风尚等。

回顾一个多世纪的历程,总的来说,汽车工业发展迅速、前程似锦。

奔驰汽车生产线

沃尔沃 850 型小客车

中国的汽车工业

　　汽车工业在中国最初发展缓慢。中国 1949 年以前基本上不能独立地生产制造整车。中华人民共和国成立后,中国的汽车工业开始走上正规化道路。1953 年,第一汽车制造厂在长春破土动工,1956 年建成投产,生产中型载货汽车。以后,又相继在南京、济南、上海、北京等地建立汽车生产企业。60 年代中期到 70 年代末,又投资建设了第二汽车制造厂、四川汽车制造厂、陕西汽车制造厂,分别生产中型、重型越野卡车,并逐步发展为以生产民用卡车为主。

　　进入 80 年代以后,中国汽车工业坚持改革开放,规划建设了三大重型汽车生产基地和四大轻型汽车生产基地,并确定了一汽、二汽、上海三大轿车生产基地,以及北京、天津、广州三个轿车生产点。汽车行业拥有为全行业服务的科研所、技术研究中心 4 家,在海南、襄樊、定远、北京建立了 4 个具有相当规模的综合性汽车试验场。中国汽车工业已初步形成了一个以载货汽车为主体,品种较为齐全,具备一定制造能力和开发能力的比较完整的体系。

中国第一汽车制造厂生产的解放牌载货汽车在国民经济建设中发挥着巨大的作用。

扬州客车制造总厂生产的 JT6970 型大客车

北京吉普车

汽车是怎样造出来的

汽车的生产制造是一项庞大的工程,涉及到方方面面。新型汽车的制造工程计划,往往要花费几年的时间才能完成。在这个汽车的制造工程计划中,要依靠许多机械工程师、设计师、销售人员等的通力合作。在汽车的生产过程中,除了汽车制造厂本身的生产部门外,还得靠上千的中、小零件工厂进行加工的生产工作。

除了少数的高级汽车之外,现代化的汽车制造异常快速,在具备生产线的汽车制造工厂内,只要花费十几秒钟的时间,就可以生产出一部崭新的汽车。这种生产线的制造工程,是配合汽车零件的加工与组合而依序订出的生产计划。因而汽车能在非常紧凑且经济的时间控制下,由零件组合成汽车成品。

在生产线上,各部位的汽车零件与装置,都依其所需要的装配时间与组合顺序,被排列在适当的生产线位置上。因此,在生产线上的各项工程及作业,不论其重大或微小与否,都必须由富有经验的人员来担任,而不容任何错误发生。例如,在最后的组合过程中,如果有一位生产线上的员工发生装备零件的错误,就会连带地使整条生产线的作业为之停顿,从而延阻其它作业的时间。目前,有许多汽车制造厂,采取日夜轮班制,使生产线一天 24 小时中都在不停地运作。随着自动化水平的提高,由电子计算机控制的无人化工厂将是未来的美好蓝图。

汽车的设计 汽车设计涉及到多种影响因素和不同的专业学科,是一项重要而又复杂的工作。

汽车设计师心目中新款式汽车概念,必须转变为汽车原型进行试验,然后作出详细指令,发给各零部件的设计师,发给制造工程的生产技术人员,并发到车间现场。此外,还需要大量的工程图,包括供制造原型的图纸和指导制造厂生产汽车的图纸。这项工作要动用数以千计的技术人员、造型师和制图员。

现已广泛采用的计算机辅助设计技术,在今后几十年内将完全改变设计过程。专供工程设计、制图作业用的计算机软件与工程设计室的微型电子计算机或小型电子计算机相结合,与车间现场的微机相结合,可省去这个过程中大量的常规劳动。另外,还可以减少造型和制造原型的工作量。

计算机辅助工程设计能在计算结构载荷和选择适宜材料方面协助工程师。计算机辅助设计,能迅速详细地画出汽车及其零件的"电子图"。

汽车设计人员正在设计汽车

汽车造型设计草图

计算机辅助设计

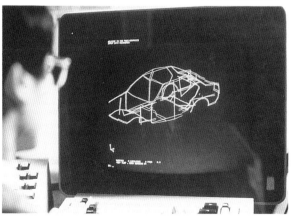

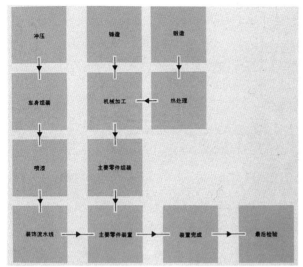

汽车制造框图

汽车制造厂中的机械手正在焊接　　车身组装

汽车制造　汽车制造业最能体现现代化生产的特点。它的生产实际成了各总成在流水线上装配。制造厂通过自动化和生产率高的最先进生产设备（如机械手、机器人）以及具备高度熟练技巧的工人来组织生产。

在制造汽车各系统的零部件时，先制备大量制件，然后装成诸如转向助力油泵或交流发电机或空调器压缩机等。使用微机控制的柔性加工中心，能够自动完成这个作业的第一部分工作。这些加工中心能加工许多不同规格不同类型的零件，能自动从料仓进料，当需要时能自动换刀，不需工人动手，然后把这些零件装配成完整部件。

制造出零件、部件、总成之后，在生产冲压件和重要机构的总装厂内装配成整车。钢冲压件目前是在车身车间由焊接机器人焊装的，并且越来越依靠自动装焊机械协助。焊装之后，总成通常需要保护性涂层和最后涂装。世界上许多总装厂的涂漆工作已充分使用了自动喷漆机器人。

整车组装完成后，经过各种测试与试验，最后完成汽车的制造全过程。

主要零件装配

最后出厂检验

汽车进行的快速行驶试验

汽车的试验 汽车试验是汽车研究开发的重要组成部分。验证汽车性能时，必须对汽车本身的功能和对汽车有影响的自然条件以及人的操纵能力等所有综合条件进行各种假设。设想汽车在实际运行中可能遇到的各种情况，运用最新设备，严格反复地进行各种能够设想到的、有些是近乎严酷的试验。然后，将试验结果反映到产品的研制和规划、设计中。

这些试验包括汽车的动力性能试验、驾驶性能试验、制动性能试验、操纵稳定性试验、平顺性试验、噪声试验、空气调节试验、居住性和人体工程试验、燃料消耗试验、强度与耐久性试验、冷却性能试验、空力试验、气候耐久性试验。

动力性能试验 进行汽车动力性能试验是为了研究作为汽车这一交通工具所具有的"快速行驶"性能。整车动力性能的试验方法有加速性能试验、最高车速试验、爬坡性能试验、行驶阻力试验、底盘测功机试验、主观评价试验。

驾驶性能试验 驾驶性能试验是考核汽车驾驶性能在世界各种使用环境中是否合适。它包括寒区行驶试验、常温行驶试验、热区行驶试验、高原行驶试验。

制动性能试验　制动试验大体上可分为室内试验和道路试验两大类。室内试验主要用在产品研制阶段的基础试验上;道路试验主要是为探讨安全性和人的感觉的协调程度,以及制动器与车辆的匹配情况的。

操纵稳定性试验　其代表性的试验有三种:一是室内台架试验,测定并评价有关操纵稳定性的汽车基本特性;二是道路试验,计测汽车转弯和越线行驶时的运动状态;三是主观感觉评价试验,即根据驾驶员的自我感觉进行评价。

平顺性试验　平顺性试验包括平顺性好坏的评价、平顺性的改进和振动机构的分析。有关人员对振动反应的基础试验也是它的重要内容。

噪声试验　噪声试验常常与振动试验同时进行。其试验目的和方法类似振动试验。噪声试验可分为评价试验和改进试验两种。前者为评价噪声的优劣,后者为探明噪声原因并进行改进。

空气调节试验　空气调节试验以换气性能、采暖性能和制冷性能为研究对象,主要测定项目是风量、风速、湿度、温度。试验与评价要在实际道路和环境试验室内进行。

居住性与人体工程试验　居住性和人体工程试验的重要特征是把人本身也做为试验对象的一部分。考核汽车是否非常符合人们的要求,也是居住性和人体工程的试验内容。

燃料消耗试验　以前的燃料消耗试验主要是测定等速油耗,最近除进行等速油耗试验外,还采用模拟用户实际使用状态的模拟试验方法。

强度与耐久性试验　试验方法包括疲劳试验、异常大负荷的强度试验、环境耐久性试验、刚性试验、实用耐久性试验、快速寿命试验。

空力试验　空力试验主要研究空气气流、空气力和压力分布。空气气流的试验方法有飘带法、油膜法、烟雾法。空气力的试验方法有风洞试验和实车行驶试验。压力分布试验有风洞试验和实车行驶试验。

气候耐久性试验　气候耐久性试验目的是考核自然环境中的太阳光、湿度、温度等对汽车所用材料的影响。常用的试验方法有两种:自然气候耐久性试验和人工气候耐久性试验。

汽车安全性试验　汽车的安全性是汽车的重要性能。最常见的试验有碰撞试验和翻落试验等。

汽车试验设施　试验设施是汽车性能试验不可缺少的技术装备,也是对汽车期望性能、机能乃至极限状态的深入研究以及再现所有环境条件和使用条件所必备的物质条件。汽车试验设施大致分为汽车试验场和室内试验设备两大类。试车场内配有各种路面,可进行汽车综合性行驶试验。室内试验的效率快、精度高,可对汽车零件、总成乃至整车进行试验评价。世界上规模最大的试车场是美国通用汽车公司的密尔福特汽车试验场,它占地 1330万平方米,场内修筑了多种试验跑道。

汽车耐寒试验

汽车进行 8 字试验

汽车风洞试验

汽车漏水试验

汽车碰撞试验

汽车起动机的发明

在汽车起动机发明之前,启动汽车是靠人力摇动车前的手柄实现的。从1902年英国丹尼斯公司生产的汽车可以看出这种手柄式起动装置。

自动起动机的发明源于一次令人啼笑皆非的意外事故。1910年冬,有位妇女驾驶的一辆凯迪莱克牌汽车途中抛锚。因为她力气太小,摇不动手柄将汽车重新起动,只好伫立在寒风之中等待帮助。不久,凯迪莱克公司老板亨利·利兰的好友拜伦·卡顿也驾驶一辆凯迪莱克牌汽车路过。卡顿见状便下车帮助。但当他摇动手柄时,发动机回火使手柄反转,打破了卡顿的额头。几周后,由于并发症卡顿不治身亡。

凯迪莱克公司声誉面临着危机。亨利·利兰急忙召集公司技术人员布置开发新的起动装置的任务。但在凯迪莱克公司的工程师们还一愁莫展之时,就职于戴登实现公司的凯特琳和她的儿子发明了电动起动机。工作原理是由蓄电池使起动机运转,通过齿轮带动发动机曲轴,从而使汽车启动。

转向柱与方向盘角度的改变

最初的汽车转向柱是垂直的,方向盘则是水平的,司机在操纵时必须伸直手臂。而今天的司机在开车时,有时可将手臂轻松自然地搁在倾斜的方向盘上,怡然自得地放松自己。由垂直的转向柱和水平的方向盘到今天倾斜的转向柱和方向盘,这一改变纯属一次意外的收获。

1897年,在英国考文垂的戴姆勒工厂里,工人们正在组装大修后的车身和底盘。在吊装车身的过程中,吊环偶然滑脱,坠落而下的车身将转向柱压斜。事后当一名工人坐上驾驶座时,却意外地发现此时倾斜了一定角度的转向柱和方向盘与手臂的位置竟比原来更合适,操纵方向盘也方便了许多。经过汽车工程师们的进一步研究改进,1900年戴姆勒公司生产出第一辆带倾斜转向柱和方向盘的汽车。

世界著名汽车厂商及代表车种

汽车工业经过 100 多年的发展,形成了以美国、日本和欧洲为主的世界三大汽车生产基地。这些国家和地区的一些汽车厂商和它们的产品名满天下。

通用汽车公司　简称"通用",是世界头号工业公司和最大的汽车生产厂家。1991 年,通用公司的销售额达 1237.8 亿美元,竟比世界大多数国家的国民生产总值还高,真可称得上是"富可敌国"。通用汽车公司创办于 1908 年,公司总部设在美国密执安州底特律市。

通用公司生产的轿车分为五大系列:豪华型的凯迪莱克、高档型的别克、中高档型的旁蒂亚克、中低档型的奥兹莫比尔和雪佛兰。其中凯迪莱克是世界上最负盛名的豪华轿车之一,也是各国首脑和富豪们乘用最多的轿车之一,美国总统的专车历来多为特制的凯迪莱克防弹车。因此,凯迪莱克也被称为"美国资本主义的象征"。

福特汽车公司　简称"福特",是仅次于"通用"的世界第二大汽车制造商。公司总部设在美国密执安州迪尔伯恩市。

1903 年,亨利·福特创办了福特汽车公司。当时,汽车还只是有钱人的奢侈品,而福特却以薄利多销、"让汽车走入家庭"为原则,生产出了第一种中产阶级买得起的汽车——T 型汽车。从此,人类生活才真正进入了汽车时代,亨利·福特也作为"汽车大王"载入了史册。

福特公司生产的轿车分为三大系列:豪华型的林肯牌、准豪华型的水星牌和类型多样的福特牌。

克莱斯勒公司　简称"克莱斯勒",是美国第三

通用汽车公司生产的超豪华总统专车——凯迪莱克,超长型 12.19 米

奔驰 S 级小客车

Mercedes-Ben

大汽车公司，创办于 1925 年。公司总部设在美国密执安州的海兰公园。

克莱斯勒生产的轿车分为三大系列：克莱斯勒牌、道奇牌和普利茅斯(顺风)牌。

戴姆勒—奔驰公司(即戴姆勒—本茨公司) 简称"奔驰"，是德国最大的工业公司和最大的汽车生产厂家。奔驰的前身一个是 1883 年卡尔·本茨创办的奔驰发动机制造厂，另一个是 1890 年戴姆勒创办的戴姆勒发动机制造厂。1926 年，这两家汽车制造厂家合并为戴姆勒—奔驰公司。公司总部设在德国斯图加特市。

奔驰汽车一直以其精湛的设计、工艺和卓越的质量、性能而享誉世界，素有"德国质量的象征"之称。

大众汽车公司 简称"大众"，是德国第二大工业公司和第二大汽车制造商。创办于 1936 年，公司总部设在德国沃尔夫斯堡。

大众公司的轿车分为两大系列：中低档的大众牌和中高档的奥迪牌。

丰田汽车公司 是日本最大的工业公司和最大的汽车制造商，其经营规模在世界名列第三。正式创办于 1937 年，公司总部设在日本爱知县丰田市。

在世界轿车市场上，除了前面介绍过的之外，还有一些比较著名的生产厂家，如英国的罗浮、罗尔斯—罗伊斯，法国的标致—雪铁龙、雷诺，日本的日产、本田、三菱、马自达，意大利的菲亚特，德国的保时捷、宝马等。

德国宝马牌（BMW）323i 型跑车
克莱斯勒具有 30 年代风格的怀旧跑车 ATLANTIC

奔驰 1000SEL

德国宝马轿车

罗尔斯-罗伊斯（劳斯莱斯）汽车是与凯迪莱克、林肯牌
汽车相媲美的超豪华汽车，是权力和地位的象征。

英国「劳斯莱斯」皇室座驾
气派显赫 王者之车

银驹一型

大众汽车公司生产的奥迪牌轿车

林肯 IZK 小型跑车

丰田汽车公司生产的丰田牌轿车

福特汽车公司生产的福特牌汽车

未来展望

高速、安全、舒适是汽车行驶的重要性能目标。汽车外形为了以更理想的形式发挥这一性能，进行了种种演变，一直发展到今天。可以说，汽车外形的历史就是追求理想造型的历史。

未来汽车应具备多种适应能力和多种功能。电脑将广泛地用于汽车各个系统。汽车导航、编排行驶路线、通讯及车辆状态控制是可望增强汽车效用并受到人们特别关心的话题。车载计算机从交通量传感器、无线电通讯网络收到信息后，指示驾驶员按最佳路线驶向指定目的地。

随着历史的发展，环境保护和能源利用等问题日趋重要，人类对未来汽车的发展提出了更多的要求。

"梦幻车"

在汽车展览会或杂志上，经常会看到称做未来汽车的试制车或绘画。但是，对未来汽车的推测，决非易事。

现在所能看到的未来汽车的具体形象，大多是展览会上的"梦幻车"。在历年的世界著名的汽车展览会上，美国、德国、日本、意大利等国都要竞相展出"梦幻车"。这些梦幻车非常吸引观众，往往成为新闻报道的头条消息。

但是，这些"梦幻车"多数只是追求商品形象，其外形设计也只考虑视觉效果即展览效果。

如果说汽车的首要性能是速度，显然飞机、特别是喷气式飞机给人以最鲜明的速度感。"梦幻车"的外形基本上是全面模仿飞机的造型。美国的"梦幻车"的外形是在超音速喷气机式的尖尖的车身上安装气泡型的驾驶室。

使人感到具有实用性的"梦幻车"的共同之处，主要在于车身基本形状采用楔型。如果说从中能嗅出"未来"的味道，恐怕就是在发动机的位置上下功夫。因为采用楔型车身，势必降低发动机罩，这对于发动机前置的汽车来说是有困难的。如果改为发动机后置，那么，由于重心位置的关系，会产生横风稳定性问题。因此，只有像赛车那样将发动机置于车身中部。但对一般小客车来说，又会产生车室内部空间显著缩小的苦恼。目前，对于发动机中置尚未进行充分的研究。

博通·闪电概念车

双座原型小汽车 CONCISO。在设计上突出体现跨世纪新概念、线条和人与自然相结合的环境色彩及适应环境保护上的更高要求。

"火箭"神车纯粹是汽车迷设想出来的古典赛车型的娱乐车。虽然是充满了加速感的原始想象物，但却是非常现实的精品。

速度极限与空气动力学

汽车创造的最高速度纪录已超过了 1000 公里/小时，市场上销售的运动车也超过了 200 公里/小时。但一般在公路上实用的小客车，由于发动机、轮胎可靠性等方面的原因，其安全行驶的速度极限是 150 公里/小时。

与速度纪录车所创造的 1000 公里/小时相比，实用速度似乎显得太低了。但创造 1000 公里/小时的汽车利用的是喷气式发动机的喷气反作用力，而不是车轮的驱动力，所以它相当于飞机在地上滑行。而使用汽油发动机，依靠齿轮装置驱动车轮的汽车的速度纪录约为 650 公里/小时。

在现在的技术条件下，依靠无线感应、超声波可以进行自动操纵。这样，汽车的操纵则与驾驶员的技术无关，可明显提高汽车速度。

使用橡胶轮胎，最高时速能维持在 200 公里/小时左右。在赛车场上，汽车要以 300 公里/小时以上的速度行驶，轮胎只能维持一个小时。因此，只好考虑不用轮胎的办法，在实验中获得成功的有气垫车。由于取消了车轮，气垫车只能像飞机那样，利用螺旋桨或喷气的反作用力来推进。这样虽然满足了行驶条件，但噪音及气流卷起的尘土极大，无法在人们居住的地区行驶。这是气垫车不能实用的主要原因。

纵览汽车外形发展史，可见空气动力学对未来汽车要产生相当大的影响，汽车设计师被组织起来进行空气动力学研究，花费巨额投资进行汽车风洞试验。各汽车公司都在研制自己的系列低阻力未来型汽车，或称概念车。

可以预言，未来小客车的造型，首先应保证内部乘员的舒适性和安全性，车室宽敞，视野开阔；其次外形上应具有优秀的空气动力性能，达到快速、节能和安全的要求。

追求速度而设计的未来超级跑车

雅马哈公司设计的未来型超级轿车OX99-11。该车造型的着力之处是外形的空气动力性,使车轮有很强的附着力,驾驶舱外表就像战斗机舱,非常圆滑。

家用轿车的新概念——Twingo。是雷诺公司推出的新一代全新概念的家庭用车。它的出现,给家用车市场注入了新的活力,代表着一种新的汽车发展趋势。

个性化和多样化的追求

现代人对汽车式样要求越来越高。汽车不仅作为交通工具而且作为艺术品、娱乐品、时髦式样和豪华装饰品,成为其拥有者身份、气派、文化修养和欣赏水平的象征,成了人们个性的体现。

高级领导所要表现的是身份和气派。通用汽车公司为美国总统设计的超豪华轿车,具有超长超宽车身。这种车的外形并不怎么考虑空气动力学因素,更多的是讲究高贵和豪华,充分显示至高无上的权力和雄伟的气魄。

艺术家所追求的往往是完美生动的艺术形象和超时代的构思。

将来,随着人类物质文化水平的提高,汽车不仅仅作为一般的交通工具,同时还将作为一种娱乐品和大玩具。这类车将以更新颖的造型与更奇异的功能,给人们的生活带来无穷的乐趣。

总之,随着人类生活环境的扩大和生活方式的变迁,会出现各式各样造型新颖奇特的车辆。

面向未来的小巴。它是世界著名工业设计师乔治亚罗主持的意大利设计室开发的一款客车。该车造型新奇,车前舱隆起,一眼望去像波音 747 飞机隆起的前舱。

太阳能汽车

新动力与多用途汽车

由于地球上的石油资源有限,石油危机会日益加剧,未来汽车必须去寻找新的能源作动力,已有很多人从事这方面的研究,如利用电力、太阳能、氢气和风力等。

太阳能汽车其车身主体是一整块太阳能吸收板,板的倾斜度可以调整,以最大限度地吸收光能。驾驶室为气泡式以减小风阻。

电瓶汽车近年来也得到了广泛的发展。太阳能与燃油并用、太阳能与电瓶并用的汽车将是向未来过渡的一种形式。有阳光时使用太阳能源,无阳光可利用发动机或电瓶内储存的电能作动力。风帆与发动机并用、风力发电机与发动机并用汽车将是沙漠和草原上驱动的新方式。

除了在汽车驱动能源上想办法外,人们对传统的驱动方式也在想办法,以摆脱传统的道路对汽车的束缚,如气垫车、水陆两用车和高越野性汽车等多用途车辆将是很有前途的。

未来气垫车可依靠不断向裙围与地面间包围的空间充气而浮起,依靠向后的喷气而前进。这种车主要适用于人烟稀少的草原、旷野、沼泽地和无路地区。

也有人正在尝试设计水陆空三用汽车。需要飞行时,在车身两侧临时装上翼,只要有一段平坦的地形就可以飞上天空。

雷诺的新型"变轴距"电动轿车。"变轴距"电动轿车可乘坐两人,最高时速120公里/小时,最主要的特点是可以改变车的轴距。

未来通勤车 BMW807

119

摩 托 车

摩托车与自行车

摩托车是用汽油机驱动,靠手把操纵前轮转向的两轮车或三轮车。摩托车轻便灵活,行驶迅速,成为应用广泛的交通工具。可用于执行巡逻、通信和客货运输等任务,并且是一种体育运动器材。摩托车发展到现在,已经历了 100 多年的时间。倘若追根溯源,它的祖先却是自行车,故至今仍保留着自行车的一些风貌。

梦 幻 之 旅

摩托车的发展历史

同世界上大多数发明一样，摩托车也经历了萌芽、初步形成和日臻完善这样三个时期。

18 世纪 70 年代到 80 年代，在欧洲兴起了产业革命。众所周知，蒸汽机是那个时代的代表作。摩托车便是在那时出现的。

1869 年，曾为自行车的发展做出过重要贡献的法国人皮埃尔·米肖和他的儿子，将一台小蒸汽机安装在自行车上，以蒸汽机为动力源，驱动自行车行驶，这就是由蒸汽机驱动的摩托车的雏形。由于蒸汽机体积大，安装到自行车上行驶不稳定，故其使用价值远不如蒸汽汽车那样显著，所以不久蒸汽摩托车便自行消亡了。

15 个春秋过去了。随着汽油发动机的出现和充气轮胎的应用与发展，德国人戴姆勒和他的助手们经过多年的努力，于 1885 年 8 月 29 日成功地将汽油机安装在木制的两轮车上，制成了世界上第一辆摩托车，并获得了专利。该车被戴姆勒命名为"单轨道号"。

1893 年，意大利的埃里克·拜那特设计制成机械式进排气门的四冲程单缸汽油机。1894 年，又是由意大利人赫得卜拉德和乌甫苗拉，共同研制出双缸、水冷、四冲程汽油机摩托车。

1901 年，一种用链条传动的摩托车——"印第安号"诞生了。此后，摩托车开始了批量化生产。

在第一次世界大战中，摩托车主要用来传递命令。从战后一直到 1929 年经济大萧条开始，骑摩托车是一项时髦的户外运动。第二次世界大战期间摩托车再次应用于军事，但其地位很多方面已被汽车所取代。二次大战以后，摩托车在发达国家主要应用于高速旅行和体育竞赛。

摩托车的发展也同其它产品的发展一样，深深打上时代的烙印。它的发展水平和它的应用都离不开它所处的时代。过去，摩托车是少数有钱人和贵族们的娱乐工具。今天，它已进入一般民众生活之中。

戴姆斯"单轨道号"摩托车

1912 年英国制造的 WILKINSON 摩托车

1902 年英国制造的 EXCELSIOR 摩托车

今天的摩托车

超越障碍

出　巡

疾如闪电

骑士风范

你追我赶

摩托车的构造、原理和种类

摩托车发展至今,尽管在各方面均取得了长足的进步,但其基本原理并无多大的变化。

摩托车是由发动机、传动机构、行走部分、操纵部分、电气设备等主要机构组成。其中,传动机构包括离合器、变速箱及主传动装置等。摩托车由发动机发出动力,传至离合器链轮组合,通过离合器将动力传给变速主轴,经过变速箱各档齿轮的传递,从而得到适应各种道路情况下所需的扭矩。来自变速箱的动力再经变速主轴链轮和主传动装置,最后将动力传给后轮,使后轮产生旋转,于是推动摩托车向前行驶。

随着科技的发展,摩托车也向多品种、多型号的方向发展。在摩托车的家族中,目前,人们根据其性能、用途等将其分为轻便摩托车、通用摩托车、坐式摩托车、公路赛车、越野赛车和越野摩托车等。轻便摩托车一般体积较小,气缸容积也较小,适合在城市内作为代步工具。通用摩托车是摩托车家族中的主要成员。人们除了在大小城市活动外,在山区、草原、甚至森林、泥泞地带,都需要有单轨迹通行性好的摩托车发挥威力。于是,用于多种道路条件下的通用摩托车就应运而生了。坐式摩托车适合妇女、儿童乘骑。公路赛车及越野赛车则多用于比赛。

摩托车由于结构轻巧,通过性好,价格便宜,已成为交通工具的主要分支,并在国防、体育、通信等方面起着其它交通工具所起不到的作用。

发 动 机

前 轮

通用摩托车

坐式摩托车

川崎 1100

公路赛车

后轮

仪表盘

公路赛车

越野赛车

KX 125

越野摩托车

自　行　车

自行车是由骑乘人通过脚蹬驱动,利用手把和前叉转向的两轮车,又称脚踏车。自行车是一种经济、方便的交通工具,也可作为体育运动器械。现代的汽车、摩托车,都是在自行车的基础上发展起来的。

遥远的梦幻　今日的现实

自行车是一种人们早已向往的简便交通工具。中国古代神话中哪吒的风火轮就反映了我们祖先对简便交通工具的幻想和追求。1484 年,意大利文艺复兴时期的艺术大师和科学巨匠达·芬奇,以他超人的才智和想象力,用绘画的形式创作了一幅"自行车"图,图上的自行车有把手、鞍座和车轮。这幅绘画作品被认为是最早的自行车设计图。

在欧洲,自行车的前身是供人们娱乐的木马,木马的四只脚为前后两个轮子,人们用双手扶木马向前推行。1791 年的一天,当法国人西布拉克觉得这样玩不过瘾时,便骑在木马背上用双脚踩地带动木马前进,大大提高了玩木马的兴趣。1809 年,德国人德拉依斯男爵觉得这种木马轮只会直线行驶,转弯时还需搬来搬去,很不方便,就把木马轮改成能转向的,人们称其为能转向的木马轮。据说德拉依斯为此还从来访的俄国皇帝亚历山大一世那里得到一只钻石戒指的奖赏。

1839 年,英国人柯克帕特里克·麦克米兰发明了后轮驱动的二轮车。它的出现使骑行者由脚踩地面实现了离地骑行,这在自行车发展过程中是一个极大的飞跃。1860 年至 1863 年间,法国人米肖父子制成前轮大、后轮小的两轮车。经过多少代人的努力,自行车得到不断的完善和发展。

形形色色的自行车

现代自行车可划分为五种基本类型。①普通型自行车:结构坚固,骑行轻快平稳,可适量载重,适

1886 年生产的高低轮自行车

合于在城市道路和村镇小路上乘用;②轻便自行车:结构轻巧,与普通型相比,具有重量轻,骑行轻快,搬动方便等优点;③载重型自行车:结构经过特殊加固,适用于乡村载货之用;④赛车型自行车:主要用做体育竞赛和锻炼;⑤小轮型自行车:适合于妇女、儿童和老年人乘用;⑥加快轮自行车;⑦电动自行车:用电池或汽油作为动力驱动。

自行车——永恒的话题

如今,在一些发达国家,自行车代步行走、运输的使命已由各种汽车代替,自行车似乎又重新承担起它最初的功能,成为供人娱乐的器械。然而,它又不仅仅是单纯的娱乐器械,同时还是竞技场上、健身房里的器械。

随着科学技术的不断发展,交通代步工具也越来越现代化,出现了汽车、火车、轮船、飞机等。因此,曾有人预言,靠人力驱动的自行车将要逐步被现代化交通工具所代替而进博物馆了。然而,自行车自有其节约能源、没有污染和健身等优点,因此,它仍将与其它现代化交通工具并驾齐驱、同时并存。

童　车

女式轻便自行车

男式运动车（赛车）

山地车（赛车）

自行车可作为人们进行休闲娱乐、锻炼身体的工具。

道　路

道路是通行各种机动车、人力车、畜力车以及供人行走的各种路的总称。公路是连接城市、乡村，主要供汽车行驶的具备一定技术条件和设施的道路。

按照路的使用性质，人们把道路分为：公路、城市道路、乡村道路、林区道路、厂矿道路。

在全国或一定区域内，由各种道路组成的相互联络、交织成网状分布的道路系统，称之为道路网。全国公路网分为干道网和地方道路网。在中国，干道网内有国道和省道。地方道路网包括联系县内城乡的公路和农村道路。全部由各级公路组成的称公路网。在城市范围内由各种道路组成的称城市道路网。

公路按其在全国公路网中的地位和作用，可分为国道（国家干线公路）、省道（省干线公路）、县道（县公路）、乡道（乡公路）和专用公路。

人类的生活、生产活动，与道路是息息相关的。世界各国均由各种等级的公路，组成密密麻麻的公路网络，将大大小小的城市、乡镇连接成一个整体。这种公路网，是连接和沟通工农业生产之间、城乡之间、地区之间、企业之间经济活动的纽带。它是人们生活、学习和生产活动以及社会交往不可或缺的。道路交通是否发达，是一个国家或地区经济是否发达的象征，也是人类精神文明和物质文明水准的重要标志。

横亘于大地上的公路向远方延伸

道路的由来与发展

路原是由人践踏形成的。古书称："道,蹈也;路,露也,人所践蹈而露见也。"(《释名》)人类在远古时代,觅食、狩猎、迁徙等活动,均凭借着双脚步行,大地在人们的践踏下,形成条条小路。有的平整笔直,有的崎岖不平、蜿蜒于崇山峻岭之中。如今在许多山区或平原的农村,依然能见到曲曲弯弯的羊肠小道。

大约在公元前5000～前3000年,人类懂得了驯养羊、马等动物,以供人骑乘和替代人力运输货物。当时北欧人已有鹿拉雪橇;美索不达米尔平原已有牛拉雪橇;中国人懂得役使牛、马为人们运输。人类驯服了野兽,让驮兽驮运物品,从而形成了驮运道。

车的出现,是陆上交通的飞跃。大约在公元前35世纪,苏美尔人就创造了车。相传中国人在黄帝(轩辕氏)时代已开始造车。有了车便产生了筑路的要求。畜力车的出现,对路提出了更高的期求,人们逐步修筑了供牛、马车行驶的车行道,路的规模和水平都发生了很大的变化。

中国春秋战国时期,战事频繁,修筑了许多通行战车的道路和在山势险峻之地修筑栈道。从战国时期开始修建的南、北栈道最具代表性。北栈道古称"陈仓故道"(又称秦栈);南栈道又称蜀栈。人们傍山凿穴,架木为栈,形成了一条空中走廊。

栈 道

沿悬崖陡壁凿方形壁孔,插入方形木梁,木梁的另一端立柱承托,梁上铺木板,旁边设置栏杆,如此构成的道路称为栈道。

褒斜道为历史上有名的栈道。建于公元前118年汉代。褒斜道贯穿秦岭南北,全长约240公里,自汉代的褒中县,出斜谷口至郿县。褒斜栈道的险峻,为汉代诸栈道之冠。历史上有"明修栈道,暗渡陈仓"的典故,其中的"栈道",即指褒斜道。

栈 道

栈 道

驿 道

中国古代为传递公文或供来往官员、商旅通行而开辟的大道，称为驿道。驿道沿途设有驿站，供来往者暂宿或换车、换马之用。专用的车、马称为驿车、驿马。

驿道始于春秋时代。秦汉以来驿道发达，并设有亭、站。唐宋以来，驿道、驿站遍及全国，这在当时对促进经济、文化的交流和巩固边防，起到了积极的作用。

秦代驰道和直道

秦始皇统一中国之后，于公元前 220 年在全国范围内开始大规模地修建驰道，以巩固全国统一、防止六国贵族的复辟。驰道以秦都咸阳为中心，延伸到全国各地，构成了通向全国主要城市的干线道路网。

公元前 212 年，秦始皇为了加强北方地区的屯戍，仅用了两年半时间，修建了长约 750 公里的直道，从秦都咸阳以北的云阳至北部的九原。

秦始皇统一中国后，在全国范围内大规模地修建驰道，颁布了"车同轨"（一轨约 1.38 米），以都城咸阳为中心，修建通向全国的驰道网。并从咸阳北的云阳到九原，修筑了一条宽 30 米至 50 米，长约 750 公里的秦直道。

西汉时，开辟了举世闻名的丝绸之路。它是中国同印度、古希腊、古罗马以及阿拉伯进行经济、文化交流的通道。

驿道始于春秋时代，是为政治、军事目的修建的。战国时期有很大发展，秦汉驿道更为发达，唐宋时期驿站遍及全国。唐代唐玄宗为了让杨贵妃吃上南方的新鲜荔枝，不惜劳民伤财，通过驿道日夜兼程奔赴长安。著名诗人杜牧曾以"一骑红尘妃子笑，无人知是荔枝来"的诗句进行讽刺。不过这一事实从另一方面也反映出唐代驿道已非常发达。

古代的埃及、波斯、印度、罗马都曾修筑过石砌的道路。公元前 1900 年，亚述帝国修筑了从巴比伦辐射出的道路，如今在巴格达和伊斯法罕之间仍然遗迹可见。公元前 400 年前后，罗马帝国修建了罗马大道网，共 29 条主干道，其中亚平大道最为有名，全长约 660 公里。

直道遗迹（路基平均宽 30 米以上）

秦驰道示意图

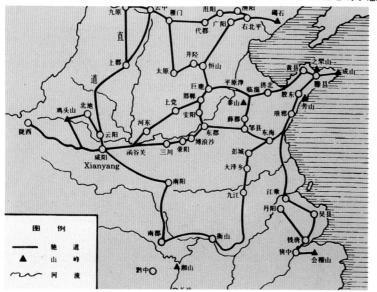

秦代内史、上郡地区驰道、直道路线示意图

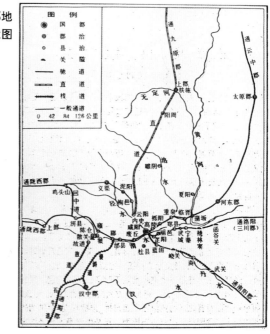

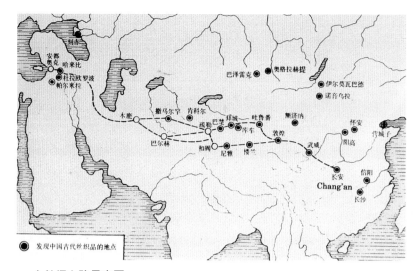

古丝绸之路示意图

丝绸之路上的古城遗迹

莫高窟壁画丝绸之路上的驼运队

骆驼队行进在古丝绸之路上

丝 绸 之 路

汉武帝建元二年(公元前139年),张骞出使大月氏后开通了西域道路。大约从公元前50年起,中国生产的丝绸开始通过西域道路向西亚、欧洲输出。19世纪德国的地理学家、探险家李希霍芬称这条路为"Seidon Strassen",后被英国转译为"Silk Road",即"丝绸之路"。

历史上,丝绸之路是贯穿中亚最长的一条道路,也是世界上横贯欧亚大陆最长的一条国际道路,它在世界交通史和文化史上占有相当重要的地位。自从西域开通后,从西域向内地引进了葡萄、石榴、胡麻、胡桃等经济作物,以及各种良马等,佛教也经中亚传入中国;内地向西域输送了大量丝织品及铁器等物,中国古代文化亦通过这条道路传播到西方各国。唐代名僧玄奘就是通过此路去取经的,意大利人马可·波罗也是经此路来中国的。

马克当

马克当（John London Mackdan 1756～1836），英国公路工程专家，以公路建设事业上的成就而闻名于世。他创立的以碎石铺筑路面的方法，被各国公路工程界接受并沿用至今。他的发明对道路的发展起了推动作用。人们把碎石路面称为马克当路面。

近代道路的发展，离不开新的设计方法、新的施工工艺和筑路机械的应用。1764年法国工程师特雷萨盖以其新的筑路方法，建成了著名的法国道路网。1816年苏格兰工程师马克当采用碎石作路面面层获得成功，使路面的厚度减薄，节省了大量人力和材料。人们称此种路面为碎石路面或马克当路面。1858年发明了轧石机，1860年出现了蒸汽压路机，这些机械的应用，大大地改善了碎石路面的质量。这种碎石路面当时被公认为是最优良的路面，在全球广为推广。19世纪50年代法国巴黎首次修筑了沥青路面；1863年英国在因佛内斯首次修筑了水泥混凝土路面。

19世纪末汽车的诞生，陆上交通运输和道路建筑出现了新的飞跃。世界各国道路交通业均有了长足的发展。

进入20世纪以来，科技迅猛发展，社会面貌日新月异。在发达国家，汽车等制造业发展迅速，汽车生产量和保有量大幅度增长，促进了高速公路的产生和发展。从整个社会政治、经济、军事需要出发，德国于1919年修成了世界上最早的设有上下行车道和中间分隔带的第一条高速公路。意大利1924年建成了米兰至瓦雷泽汽车专用公路，长48公里。高速公路发展速度最快的国家是美国，平均每年增加3000公里，全国高速公路里程已达8万多公里。世界上最长的高速公路也在美国，即纽约至洛杉矶，全长4556公里。荷兰是当今高速公路密度最大的国家，每1000平方公里面积国土上有约43公里长的高速公路。目前，全世界上已有50多个国家和地区拥有高速公路，总里程达13.5万公里以上。

中国在20世纪初，从国外输入汽车和筑路技术后，几千年古老的驿站运输开始逐渐地发展为通行汽车的公路交通，相继建成了一些公路。如长（沙）湘（潭）公路，沪杭（上海至杭州）公路，1200公里长的滇缅（昆明至缅甸腊戍）公路。到1949年全国公路有13万多公里，能通车

铺设沥青路面

铺设混凝土路面

新疆天山公路

的约 8 万公里。20 世纪 30 年代,中国开始制定省际联络公路网规划,发布了《公路工程准则》技术标准。上海、天津等城市开始有了沥青路面和水泥混凝土路面等高等级路面。

1949 年中华人民共和国成立之后,公路交通事业得到迅速发展。到 1994 年底,全国公路里程约 111.78 万公里,高速公路 1603 公里,高级和次高级路面 35.31 万多公里。全国县县通了公路。修筑了著名的康(川)藏(西康至西藏)公路和青藏(青海至西藏)公路,重点建设了一批国防干线,进行了全国公路普查和国道网的划定工作。在筑路技术方面,创立和发展了泥结碎石路面和砂石路面的养护,改善技术,发展了石灰稳定土基层,引进了国外的乳化沥青等先进技术,制定了一批公路工程建设标准、规范、规程,建成了一批高等级公路和特殊地区(沙漠、永冻土、盐湖、黄土、软土沼泽、泥石流、冰川、盐渍土)公路。中国大陆上第一条高速公路

——沪嘉(上海至嘉定)高速公路,于 1988 年 10 月建成通车,此后沈大高速公路、上海的莘松(莘庄至松江)、京津塘、广州至佛山、西安至临潼、广州至深圳等 10 余条高速公路相继建成。目前,京深、郑汴洛等多条高速公路正在加紧建设中。这标志着我国公路建设进入了一个崭新的历史阶段。

沪嘉高速公路

各种公路

中国公路按现行的《公路工程技术标准》，划分为两类五个等级。

汽车专用公路 { 高速公路 / 一级公路 / 二级公路

一般公路 { 二级公路 / 三级公路 / 四级公路

不同等级的公路，是以不同的技术指标来体现的。公路等级的技术指标，主要有计算车速、行车道数及宽度、路基宽度、最小平曲线半径、最大坡度、视距、路面等级、桥涵设计荷载等级等。

高 速 公 路

顾名思义，高速公路是供车辆高速行驶的公路，设计时速最高可达 160 公里/小时，一般为 80～120 公里/小时。实际上，高速公路不单具有车速高的特点，它还具有通行能力大、运输费用低、行车安全等优点。

严格地说，高速公路是指一般能适应按各种汽车(包括摩托车)折合成小客车的年平均昼夜交通量为 25000 辆以上，具有特别重要的政治、经济意义，专供汽车分道高速行驶并全部控制出入的公路。

高速公路的几大特点：

车速高　高速公路的平均时速较一般公路高 70％左右。由于高速公路车辆行驶速度高，缩短了行驶时间，车辆的周转率和使用率高，无疑给人们带来了巨大的社会效益和经济效益。

高亮度反光标志

高速公路中间设有隔离带

高速公路路况好、设备齐全,可
有效保证车辆高速安全地行驶

新型防眩栏

沈大高速公路收费站

通行能力大 一条四车道的高速公路通行能力可达 34000~50000 辆/昼夜,六车道和八车道的可达 70000~100000 辆/昼夜,而一般双车道公路的通行能力约 5000~6000 辆/昼夜。相形之下,高速公路比一般公路通行能力大几倍甚至几十倍,因此能够保证车辆在高峰时间依然畅通无阻。

运输费用低 由于高速公路提高了车速和通行能力,行程时间缩短,路况好,因此油耗、轮耗、车耗等减少,使运输成本大大降低。

行车安全 高速公路实行分隔行驶,即对向车道间设中间带。据统计,有中间带的四车道公路比无中间带的,事故率要降低 45%~65%。同时高速公路实行严格控制出入,即消除侧向干扰,保证高速行车。控制车辆出入,主要采用立体交叉,规定车辆只能从指定的互通式立交匝道进出。此外,高速

公路还采用了一系列确保安全的措施,如防护栏、防眩设备、照明设备、道路标志等,行车事故大大减少。据统计,各国高速公路的交通事故率和死亡率,只有一般公路的 1/3 和 1/2。

高速公路存在占地多、投资大、造价高等问题。尽管如此,由于高速公路显示了极高的经济效益和社会效益,所以世界各国都在大力发展高速公路。一些发达国家正在把主要的高速公路连接起来,构成国际高速公路网。如已经规划并正在实现的一条横贯全欧、两条纵贯全欧的"欧洲高速公路网"。此外,宏伟的"世界高速公路"也正在规划设计之中。

中国的高速公路近年来发展很快。自 1984 年沪嘉高速公路和沈大高速公路相继开工以来,现已建成十余条高速公路,目前正在修建的高速公路也有十余条。

沈大高速公路

中国大陆第一条最长的高速公路——沈大高速公路,纵贯辽东半岛,北起沈阳,经辽阳、鞍山、营口,南抵大连,全长375公里。全线路基宽26米,中央分隔带3米,双向四车道、全封闭、全立交,设计行车时速120公里。从沈阳到大连,行程4小时(过去汽车需行驶10小时)。工程1984年6月动工,1990年10月全线建成通车。

高速公路防噪声墙

反光标志牌

欧洲高速公路网

此公路网包括一横二纵:横贯全欧的,东自奥地利维也纳,经荷兰、法国,西至西班牙的瓦伦西亚横线高速公路,全长达3200公里。纵贯全欧的,一条是北自丹麦的哥本哈根,经德国和奥地利,南至意大利的罗马高速公路,全长2100公里;另一条是北自波兰的格但斯克,经捷克、奥地利、意大利、南斯拉夫、保加利亚、土耳其,南至亚洲的叙利亚、伊拉克和伊朗,全长5000公里。

高速公路的防噪措施

一般规定高速公路上噪声不得超过60分贝,并限制住宅区噪声白天不大于45分贝(也不应低于15分贝),晚上不大于35分贝。

高速公路上一般可修建以下设施来控制、减少噪声危害:

声障墙又称隔声墙 墙高3～5米,多用隔声水泥板或混凝土组合托架。

遮音堤 路两旁设土堤,堤上植被或绿化,堤高以能挡住最高受音点为宜,堤顶宽2～3米。

遮音林带 种植10～20米宽的树林带,此举隔音效果好,但占地较多。

道路标志

道路标志是保障交通安全的必要设施。它对车辆行驶起到预告、导引、警告、限制的作用。道路标志分交通标志和信号标志。交通标志包括警告标志(急弯、陡坡等)、禁令标志(禁止通行、车辆限制等)、指示标志(指示车辆、行人行进或停止)、指路标志(表示行政区划分界、地名或名胜古迹位置距离,预告中途出入口、沿途服务设施等)。标志的颜色、文字等应清晰易辨,夜间能反光或发光。信号标志是用灯光信号或文字、图形显示的色灯信号进行交叉口的交通管理,一般常用绿、红、黄三色。可分为定时控制(绿—黄—红—绿,周期性循环,周期多为60秒)和车动控制(根据车流变化管理)。

一、二级汽车专用公路

一级汽车专用公路是指一般年平均昼夜交通量为 10000～25000 辆(各种汽车和摩托车折合成小客车),连接重要政治、经济中心,通往重点工矿区、港口、机场,专供汽车分道行驶并部分控制出入的公路。一级专用汽车公路的设计车速,一般为 60～80 公里/小时。到 1994 年底,中国已建成一级专用汽车公路 6300 多公里。

二级汽车专用公路是指一般能适应按各种汽车(包括摩托车)折合成中型载重汽车的年平均昼夜交通量为 4500～7000 辆,连接政治、经济中心或大工矿区、港口、机场的干线或运输任务繁忙的城郊公路。到 1994 年底,中国二级汽车专用公路有 2800 公里。

一、二级汽车专用公路的路面,规定必须采用高级或副高级。一、二级专用公路远景设计年限分别为 20 年和 15 年。

一 般 公 路

一般公路分二、三、四级。一般公路中的二级路,年平均昼夜交通量为 2000～5000 辆,是连接政治、经济中心或大工矿区、港口、机场等地的公路。到 1994 年底,中国一般二级路已建成近 7 万公里。三级公路年平均昼夜交通量为 2000 辆以下,为沟通县以上城市的公路。四级公路是为沟通县、乡(镇)、村等而建的,年平均昼夜交通量为 200 辆以下。二、三、四级公路的远景设计年限分别为 20、15、10 年。1994 年底,中国三级公路约 20 万公里,四级公路约 58 万公里。

一级公路

山区二级公路

中国甘肃沙漠公路

110 国道通过北京燕山山区

105 国道广东省珠海市段

国 道

　　国家干线公路称为国道,是指在全国公路网中,具有全国性的政治、经济、国防意义的国家级干线公路。国道等级较高,一般为一、二级公路和高速公路。中国目前已规划确定为国道的公路共70条,总里程约10.8万公里。其中国道主干线公路12条、3.5万公里。12条国道主干线是:

　　(1)同江—哈尔滨—长春—沈阳—大连—烟台—青岛—连云港—上海—宁波—福州—广州—湛江—海口—三亚

　　(2)北京—天津—济南—徐州—合肥

　　(3)太原—西安—成都—昆明

　　(4)重庆—贵阳—柳州—南宁—湛江

　　(5)北京—石家庄—郑州—武汉—长沙—广州—珠海

　　(6)西安—武汉—南昌

　　(7)衡阳—桂林—柳州

　　(8)宁波—杭州—南昌—长沙—贵阳—昆明—畹町

　　(9)上海—南京—合肥—武汉—重庆—成都

　　(10)丹东—沈阳—北京—呼和浩特—银川—兰州—西宁—拉萨

　　(11)青岛—济南—石家庄—太原

　　(12)连云港—郑州—西安—兰州—乌鲁木齐—霍尔果斯

　　12条国道主干线中有两纵两横:即同江—三亚,北京—珠海(两纵);上海—成都,连云港—霍尔果斯(两横)。总里程1.45万公里,计划2000年前建成。

中国国道按以北京为中心的放射线、北南纵线、东西横线进行编号。以北京为中心的放射线由"1"和两位路线顺序号数字构成，如 107 国道是由北京经郑州、武汉、广州到深圳的放射线；国界内由北向南的纵线由"2"和两位路线顺序号数字构成，如 210 国道是由包头经西安、重庆、贵阳至南宁的北南纵线；国界内由东向西的横线由"3"和两位路线顺序号数字构成，如 312 国道是由上海经南京、合肥、西安、兰州、乌鲁木齐至伊宁的东西向横线。

国道是全国公路交通的主干道，是全国公路网的"大骨架"。

省道、县道、乡道

省道是指在全省公路网中，具有全省性的政治、经济、国防意义的省级干线公路。省道是省公路网的骨架，是全国公路网的主要组成部分。县道为具有全县政治、经济意义的县级公路，是省公路网的主要组成部分。乡道为农村公路，主要为乡村农民生产、生活服务。

专 用 公 路

厂矿道路、林区道路以及旅游公路，多是为工矿、农林和旅游业专门修建。这一类通称为专用公路。另外，为检测车辆性能，汽车厂商一般都建有专门的试验场，并修筑各种供检测使用的道路。

老虎嘴险道（新疆）

省 道

中国湖北巴东县乡村公路

林 区 公 路

林 区 公 路

乡 村 路

厂 区 道 路

天池旅游公路

旅 游 公 路

一组实验场路

城市道路

古代城市道路

中国早在西周时就开辟了以都城为中心的道路系统,各朝道路布局随着都城的变迁,均有新的发展。

在西周时代,王城(周王城)城市南北和东西方向各有9条道路,在城外周围建有环行道路,即所谓"国中九经九纬"为主、附以环道绕城。城内经纬道路宽16.63米(72尺,周代1尺合0.231米),环道宽12.93米(56尺)。唐代都城长安(今西安)、明清两代都城北京的城市道路系统,皆为棋盘式,纵横井井有条,主干道宽广,中间以支路连接。当时长安城内有11条南北大街、14条东西大街,相互交叉,排列整齐,街道两旁种植槐柳,十分美观。且四面城门各有3条道路与城外道路连接,形成了以长安为中心的通向全国的干线道路网。

在西方,古罗马城有贯穿全城的南北大道,宽15米左右。大部分街道为东西向,道路两侧行人、中间行马车。公元1世纪末的罗马城内干道有的宽达35米,路面用平整的大石板铺砌,市中心设有广场。

现代城市道路

现代城市道路是城市总体规划的主要组成部分。城市道路是城市范围以内的道路,其作用是将市中心区、居住区、工业区、公园、体育场馆、车站、机场、港口、码头等加以连接,形成有机的整体,保证城市的生活、生产等活动正常运行。

在制定城市发展总体规划时,必须对城市的道路布设进行规划,以形成网络,人们通常称之为城市道路网。它包括快速路、主干路、次干路、支路。快速路和主干路是城市道路的主干,由快速路、主干路、次干路组成的城市道路系统,称为干道网。干道网是城市总平面图的骨架。

快速路在特大城市或大城市中设置,将市区主要地区和主要近郊区、卫星城镇、主要对外公路联系在一起。在城市道路中,快速路与快速路相交必须采用立体交叉。快速路与主干路相交,尽量采用立体交叉,在过路行人特别集中的地点,须设置人行天桥或人行地道。主干路是城市交通的大动脉。它联系城市主要工业区、住宅区、港口、车站等,负担城市的主要客货运交通。次干路为城市中一般的交通道路,与快速路、主干路组成城市道路网。支路是城市各地区通向干道的道路。 **城 市 道 路**

城市道路横断面的布置型式 城市道路交通主要由车辆交通和人行交通两部分组成。因此必须合理解决车辆与行人、机动车与非机动车之间的交通矛盾，才能使城市交通畅通无阻，并确保交通安全。

根据机动车道与非机动车道的不同布置型式，城市道路横断面的布置有以下四种基本型式：

"单幅式"断面，即车行道布置在道路中央，所有的车辆均在同一车行道上混合行驶。为了交通安全，一般划分快(机动车)、慢(非机动车)两种车道，机动车在快车道上行驶，非机动车在慢车道上行驶。在不分快、慢车道的道路上，机动车在中间行驶，非机动车靠右(或左)侧行驶。

"双幅式"断面，即利用分隔带(或分隔墩)把一块板型式的车行道一分为二，做到渠化分流，分向行驶。在两条对向行驶的车道上，分快、慢道或不划分快、慢道。

"三幅式"断面，即用分隔带(或分隔墩)将车行道分隔为三块，中间为双向行驶的机动车车行道，两侧为单向行驶(彼此方向相反)的非机动车车行道。

"四幅式"断面，即在三块板断面型式的基础上，再用分隔带把中间的机动车车行道分隔为二，分向行驶。

以上四种横断面型式，相比之下，"三幅式"和"四幅式"断面交通流的渠化较好，车辆在行进之中干扰少，但占地较多。"单幅式"、"双幅式"断面型式利用价值高，在中小城市中普遍采用。

城市道路平面交叉口 在城市中道路纵横交错，形成很多交叉口，各种车辆和行人都要在交叉口处汇集，因此出现行人、非机动车和机动车之间互相干扰，阻滞交通。所以科学地设置城市道路交叉口，加强规范管理显得尤其重要。

常见的交叉口型式有十字型、X字型、T字型、Y字型、错位交叉和复合交叉等型式。对于畸型交叉或多条道路交叉，应改为环形交叉以简化交通，此时往往设中心岛。

城市道路环形交叉

城市道路立体交叉　在交通量较大时，城市道路平面交叉口上，通行能力和行车车速均要受到限制，同时也难以保证交叉口的交通安全。为了改善行车条件，往往在平面交叉口处建造立交桥，以提高交叉口的通行能力和车速。

按上下位及结构型式的不同，立体交叉可分为下穿式和上跨式两种基本类型。按有无匝道连接上、下道路，又可分为分离式和互通式两种。在城市道路中，一般都要求能互相贯通，多采用互通式立体交叉。

立体交叉口型式一般有喇叭型、环型、苜蓿叶式、菱型等。

人行天桥与人行地道　在快速路或主干路过路行人比较集中的地段，必须设人行天桥或人行地道以避免对机动车行驶的干扰。

城市道路的其它设施

排水　城市中排除雨水可用暗管，也可以用明沟，建筑物密集度高的和交通频繁的地区多用暗管。

绿化　城市道路绿化是整个城市绿化的主要部分，常见的绿化布置有行道树、林荫道、绿篱、花丛和条形草地等。

照明　街道、交叉口和广场的人工照明，既可保证夜间行车和行人交通安全，又美化了市容。

管线　城市道路是布设城市公用事业管网的主要通道。管线分管道（给水管、污水管、雨水管、煤气管、暖气管、天然气管等）和电缆（电力线、电讯线等）。

繁花似锦立交桥

公路的修建

公路是由路基、路面、跨越河流的桥梁、泄水的涵洞、隧道等基本构造物组成的,此外还有排水系统、安全防护设施、公路两旁的绿化带等。

公路是一种线型工程,呈平、纵、横三个面组成的立体形状。在大地上要修建一条公路,且常年保持畅通无阻,并非轻而易举之事。公路的修建要克服地形、地质、水文、气候等自然因素的影响,同时应满足技术标准、工程经济等要求。因此,修建公路,必须做到精心勘测、精心设计和精心施工,建成后还需精心地管理与养护。

公路的修建,主要包括路线勘测与设计、路基设计与施工、路面设计与施工、桥梁设计与施工、隧道设计与施工,以及其它附属构造物的设计与施工。

公 路 路 线

公路路线的勘测与设计,即公路的选线和定线。它必须满足技术标准和经济指标的要求。

公路路线是迂回起伏的一条三维空间曲线,有弯、有坡。因此公路路线勘测设计的主要任务,就是按照地形条件、地质条件和交通运输的要求,巧妙地将一些几何线段(直线、曲线、缓和曲线)组合成一条匀称的连续的空间曲线,布设于大地上。路线必须与沿线的地物、地貌、自然景观相协调,必须满足交通量、行车速度、旅客安全舒适等要求,必须尽可能地避开地质和水文条件不良的地段,同时要少占耕地,少拆房屋,不损坏文物,方便群众。

选线 公路选线就是选定公路中线的位置。要确定一条公路中线的位置,工程技术人员必须爬山涉水,在其起、终点之间进行实地的路线视察。视察之前,在地形图(通常是 1/50000 地形图)上初步选择线路的走向;实地确定公路路线的中间主要控制点的具体位置,写出视察报告,提交路线地理位置图和路线的平面图、工程量的估算、方案比较等。然后进行路线踏勘测量,对路线的基本走向和方案进一步论证,概略地拟定路线中线位置,提出切合实际的初步设计方案。

总之,视察和踏勘测量的主要任务,是解决好路线的基本走向。基本走向总是选择几个方案,然

公路测量

后综合考虑各种因素,从中推荐出一条最合理的方案。

定线　公路定线就是在大地上标定公路的中心线。定线是公路勘测设计中关键的一环。它除了解决工程问题、经济问题外,还必须使公路的线形实用、美观,同时考虑到驾驶员的视觉和心理反应等问题。

定线有现场直接定线和纸上定线两种方法。现场直接定线是在不具备大比例尺地形图时应用。这种方法是野外作业。纸上定线是利用等高线地形图敷设路线的中线,然后进行实地放线。

航测选线和定线　公路测量设计,一直用花杆、竹尺等常规测量仪器进行,野外作业时间长,受气候和自然地理条件影响大,进度慢、工效低,方案优劣受选线人员的经验与技术水平影响大。随着航测技术的诞生和发展,利用航测图选线,可将大部分野外作业移到室内进行,测量设计人员就不受气候、自然地理环境的限制,视野开扩,容易选定最佳的公路路线方案。

航测选线,先在 1/10000～1/50000 地形图上进行方案比选,确定大体的路线走向和方案。勘测人员也可乘坐飞机在选线区上空目测布线,再在图上确定测图和摄影范围。其次进行航空摄影工作。然后进行像片调绘和野外控制测量。最后用多倍仪测图等方法完成测绘工作。

航测定线,有多倍仪立体模型定线和精密立体测图仪测绘定线。前者可以在模型上确定,也可以绘制一定比例尺的带状地形图,进行纸上定线工作。后者是用精密立体测图仪,测制各种比例尺图,尤其是大比例尺图,利用这种大比例尺地形图,配合航摄像片立体镜下定线。航测定线之后,再到实地定线放线。放线可以利用明显地物、地形的相关位置进行。这种方法简单易行,生产效率高。

目前,计算机辅助设计系统(CADS)已逐渐应用于路线的初步设计。该系统可以接收航测设备、数字化仪、带有记录装置的速测仪和常规测量仪器采集的地形数据。可以用于高等级公路、一般公路的路线初步设计。

城市道路与公路的区别

城市道路一般较公路宽。城市道路分机动车道、公共汽车优先车行道、非机动车道等,道路两侧有高出路面的人行道和房屋建筑;而公路则在车行道外设路肩,两侧种植行道树,设边沟排水。

城市道路是将市内各地区和主要设施连接起来,并供市内交通运输和行人使用的;而公路则是连接城市、乡村,主要供车辆通行的。

计算机所制附有景观的路线透视图

公 路 路 基

路基是公路的主体。公路路基的修筑在公路修建的总投资中约占 25%～45%，山区公路可占65%。路基的土石方数量大，每公里约 8000～16000立方米，山区可达 20000～60000 立方米。因此路基的工期是公路施工期限的关键。路面是敷设在路基之上，因此必须确保路基的强度和稳定性。

路基设计　路基设计的基本内容包括路基横断面型式、尺寸的选定，路基防护与加固设计，以及附属设施（包括弃土堆、取土坑、护坡道、堆料坪、错车道等）的设计。

路基横断面典型型式有三种：路堤、路堑和填挖结合路基。路堤指全部岩土填筑而成的路基；路堑指全部在原地面开挖而成的路基；挖填结合路基，也称半填半挖路基。

打　炮　眼

路基设计主要是确定路基三要素的尺寸：宽度、高度和边坡坡度。

路基宽度取决于公路技术等级、设计通行能力和交通量的大小。它为路面及其两侧路肩宽度之和，必要时还应包括分隔带、路缘带、变速车道、爬坡车道、停车带、慢行道或路上的路用设施（护栏、照明、绿化等）。一般每个车道宽度为 3.50～3.75米，路肩宽度为 0.5 米（有条件时可大于 1 米）。

路基高度是路中心线挖填深度及路基两侧的边坡高度，即路堤的填筑厚度或路堑的开挖深度，是原地面标高与路基设计标高的差值。

确定路基边坡坡度是路基设计的基本任务。路基边坡坡度，由地质、水文条件而定。它涉及到边坡的稳定性和横断面的经济性。边坡平坦，相对而言路基较稳定，但土方量大；边坡陡，土方量小，但稳定性相对较差。路基边坡坡度应根据填料的种类及边坡高度按有关规定确定，必要时须进行稳定性验算。

开 山 放 炮

挖 运 土 方

路基施工 "精心设计、精心施工"是工程建设的一个完整过程。理想的设计必须通过优质的施工来实现。

路基施工有人工及简易机械化、综合机械化、水力机械化和爆破等方法。

人力施工是传统方法,劳动强度大,工效低,进度慢,工程质量也难保证。人工配以简易机械进行路基施工,可减轻工人的劳动强度,提高施工质量。

综合机械化施工是主要机械配以辅助机械形成主要工序的综合机械化作业,可大大提高工效。

水力机械化施工是采用水泵、水枪等水力机械,喷射强力水流,冲散土层并流运至指定地点。

爆破法是石质路基开挖的基本方法。

常用的路基土方机械,有松土机、平地机、推土机、铲运机和挖掘机(配以汽车运土)、水力机械、压实机具等。各种土方机械可以进行单机作业,如平地机、推土机、铲运机等;以挖掘机为代表的主机,需配以松土、运土、平土及压实等机具,相互配套。

路堤填筑按填土顺序可分为分层平铺和竖向填筑两种方案。路堑开挖可分为纵向全宽掘进和横向通道掘进两种。路基压实是路基强度和稳定性的重要保证。土基压实大多使用机具,有辗压式、夯击式和振动式三种类型。

工业废碴可作路基材料

平地机作业

路基施工

洒水

碾压路基

加筋土路基

公 路 路 面

路面直接承受车辆载荷,路面的好坏直接影响到行车速度、运输成本、行车安全和舒适性。因此路面要有足够的强度和刚度,不出现断裂、沉陷、波浪和磨损等破坏。保证路面平整,可减少行车阻力和车辆的颠簸,达到驾驶平稳、乘客舒适的要求。路面要有一定的抗滑能力,以降低油耗、保证安全、避免产生严重的交通事故。对路面的要求越高,其造价相应也高。高级路面的费用要占公路总投资的 60%～70%,低级路面占 20%～30%。

路面设计　路面设计包括路面等级的确定、选择路面类型、对路面结构组合和断面几何尺寸等的综合设计。

路面是由面层、基层和底基层组成的层状结构,有的路面还设有磨耗层或保护层。

路面的类型有水泥混凝土路面、沥青类路面、块石路面、碎石路面、级配砾(碎)石路面等。

水泥混凝土路面包括素混凝土、连续配筋混凝土、预应力混凝土、装配式混凝土、钢纤维混凝土和混凝土小块铺砌等面层和基层所组成的路面。混凝土路面强度高、稳定性好、养护费用少。

沥青类路面是用沥青材料作结合料,来粘结矿料或混合料,以修筑面层与各类基层和垫层而组成的路面结构。这种路面表面平整、无接缝、行车舒适、耐磨、振动小、噪音低、施工期短、养护维修简便等。

块石路面分条石、小方石、拳石和粗琢块石等路面。条石和小方石块等整齐块石路面属于高级路面。块石路面坚固耐久,清洁少尘、养护方便,适应重型汽车及履带车辆交通。

碎石路面分为水结碎石、泥结碎石和干压碎石等。这种路面投资低,但平整度差、易扬尘,泥结碎石路面雨天容易出现泥泞。

级配砾(碎)石路面是由各种集料(砾石、碎石)和土,按最佳级配原理修筑而成的,一般厚度为 8～

摊　铺

摊　铺

碾　压

碾　压

16 厘米。

位于沥青面层下用高质量材料铺筑的主要承重层,或直接位于水泥混凝土面板下用高质量材料铺筑的一层称为路面基层。

在沥青路面基层下铺筑的次要承重层或在水泥混凝土路面基层下铺筑的辅助层称做底基层。

路面施工 沥青路面施工按施工工艺不同,可分为层铺法、路拌法和厂拌法三类。层铺法顾名思义就是用分层洒布沥青、分层铺撒矿料和碾压的方法修筑;路拌法是在路上用机械将矿料和沥青材料就地拌和、摊铺和碾压而成的沥青面层;厂拌法是将由一定级配的矿料和沥青材料在工厂用专用设备加热拌和,然后送到工地摊铺碾压。

水泥混凝土路面施工一般是先立边模,安装接缝嵌条和传力杆,拌和混凝土[混凝土由普通硅酸盐水泥、中粒或粗粒砂、一级和二级碎(砾)石拌和而成]并运到现场,而后摊铺、振捣,整平混凝土表面,最后养生和填缝。

大型摊铺机

筑路工人的宿营地

天山公路的防雪走廊

防雪导风板

绿化是公路养护的重要内容之一

隧　道

　　修筑在地下,两端有出入口,以供车辆、行人、水流及管线通过的通道,称为隧道。它用以穿越障碍,缩短线路,避免线路出现大坡度等。

　　隧道建筑历史悠久。世界上第一条交通隧道是人行通道,约建于公元前2180~前2160年,长900米,是用砖衬砌的,坐落在巴比伦城中的幼发拉底河河底下面。中国公元66年(东汉永平九年),在陕西汉中古褒斜道上曾修建成石门隧道。

　　隧道是随着公路、铁路交通的发展而发展的。19世纪20年代,在英国利物浦修建了两座最早的铁路隧道。1860年在伦敦开始修建地下铁道。在欧洲大陆还修建了辛普朗铁路隧道、圣哥达公路隧道。

　　隧道按用途分为铁路隧道、公路隧道、水工隧道、市政隧道等;按所处位置分为山岭隧道、水底隧道和城市地下铁道隧道等。

　　隧道工程一般投资甚巨且设计、施工技术要求极高。除满足必须的交通要求外,还应全面考虑诸如通风、照明、安全、监控等因素和设施。

海游隧道

板樟山隧道

隧道照明

中国杨浦大桥，位于上海，跨越黄浦江，是双塔双索面的钢-混凝土组合梁斜拉桥。主孔跨度为 602 米，桥面宽 30.35 米，主塔高 200 米，呈钻石状。

桥　梁

　　桥是跨越水域（江、河、湖、海）、山谷或地面空间，供人、畜和陆地交通工具通行的一种跨空建筑物。它是交通运输的基础设施，是人类文明的一个重要组成部分，是人类智慧的结晶。在古代，人们只能利用自然界生成的木、石、藤、竹等为材料建造跨度较小、结构简单的桥梁。如以木、石为梁、筑拱，或以藤束、竹缆为索跨越溪流、峡谷，由此形成了原始形态的梁桥、拱桥和索桥。而现代，人们已可充分利用钢材、水泥以及复合材料来建造跨度大、结构复杂的各式各样的桥梁。

　　桥梁按照用途不同，有铁路桥、公路桥、公路铁路两用桥（上层走汽车下层走火车）、高架桥、跨线桥、立交桥、城市桥、园林桥、人行桥以及专用桥（通过管路或水渠）等。在桥梁上通行的现代交通工具，铁路桥主要是铁路列车，公路桥主要是汽车，在农牧地区还有拖拉机和非机动车等。

　　中华民族有着悠久的历史文化，同样也是世界上最早发展桥梁的国家之一。几千年来，在华夏大地上修建了无数多彩多姿的桥梁。中国古代桥梁的辉煌成就举世瞩目，在世界桥梁发展史中占有重要的地位。新中国成立以来，随着科学技术的进步和经济的发展，中国的现代桥梁建设突飞猛进、日新月异，已跨入世界先进行列。中国已建成百米以上的大石拱桥多座，跨度120米的乌巢河大石拱桥居世界同类型桥的首位，主跨602米的杨浦大桥为世界第二大斜拉桥，跨度888米的广东虎门大桥和跨度1358米的江阴长江大桥两座大跨度悬索桥进入世界前列。在长江和黄河上已架起了数十座雄伟壮丽的桥梁，使"天堑变通途"。跨越海湾的长桥建设也已列入日程，不久将在琼州海峡和伶仃洋等处建造起跨海大桥。中国桥梁建设正走向更加辉煌灿烂的新时代。

中国乌巢河桥，跨越湖南省乌巢河峡谷，为跨度120米的双肋石拱桥，建于1990年。

桥梁的历史

　　古代人类为了生存,登山涉水,狩猎觅食,遇有河流、山涧阻隔,就需绕道而行。有时遇上天然石梁、天生拱、倒搁在溪涧上的树木或悬挂在溪流间藤蔓时,便可利用其越过障碍。于是人们从中得到了启示,逐渐学会了用梁、拱及索搭建桥梁。

　　桥梁的发展与人类社会的进步息息相关。尽管无从考证我们的祖先在何时何地修建了世界上第一座桥梁,但在四大文明古国——巴比伦、埃及、中国、印度都发现过公元前建造的桥梁遗迹。一般认为,梁桥是桥梁的初始型式。中国历史上最早记载的梁桥为建于公元前16~前11世纪的钜桥。当今世界尚存着的规模最大的石梁桥是中国福建泉州的万安桥,共47孔、总长约890米,建于公元1059年。最早的拱出现在公元前600年左右意大利中部古城的穹形下水道中,欧洲石拱桥兴盛于罗马帝国时代。现存最古老的石拱桥就数罗马市内的罗特桥,它修建于公元前179年,桥的侧面雕刻记载着当时的文化。中国至迟在东汉时期(公元25~220年)就有了石拱桥。到了公元7世纪前后,开始大量建造石拱桥,其中建于公元605年的中国河北赵州桥,结构独特、技术先进、造型精美,是当时世界上跨度最大的空腹式石拱桥。在欧洲,直到14世纪,法国才在泰克河上修建了一座空腹式石拱桥——赛雷桥。早在公元前285年中国就有了竹索桥,公元280年在长江西陵峡口曾有横江铁锁(即铁索)的记载,公元1706年建造了世界闻名的四川泸定铁索桥。17、18世纪人类社会进入钢铁时代后,开始用钢铁建造钢板梁桥和钢桁架桥,桥的跨度得到延伸。首先在欧洲出现了现代索桥——吊桥,桥梁建筑开始向大跨度迈进。随着水泥的发明、钢筋混凝土和预应力混凝土的广泛应用,桥梁建筑走向多样化和现代化。特别是在第二次世界大战以后,不仅大跨度混凝土、预应力混凝土梁式桥得到迅速发展,也出现了大跨度的混凝土拱桥和钢拱桥。桥梁从建筑结构、设计方法到工艺技术日臻成熟完善。

古罗马时代最大的桥梁是法国南部尼姆附近的加尔德水道桥。它建于公元前13年,全长300米,水道高出河道47.4米,由三层连续拱构成,最大的半圆拱跨径为22.4米。

　　罗马台伯河上的天使桥建于公元136年,1668年装饰了天使雕像。

　　中国河北赵州桥,原名安济桥。建于隋代,迄今已有将近1400年的历史,是世界上现存最古老、跨度最大的空腹式圆弧石拱桥。桥孔净跨37.02米,矢高7.23米,桥宽9米。拱圈两侧各有两个分别为3.8米和2.85米的净跨的小拱,以渲泄洪水,减轻自重。桥梁造型独具匠心,栏板上有图形各异、精美的龙兽浮雕,神彩飞扬。

中世纪欧洲不少桥梁都像卡奥尔附近的洛特上的桥（1308～1355 年）一样,具有防御用的桥塔和桥门,拱圈支承在简洁、高耸、大幅度悬伸的桥墩上。

中国四川泸定铁索桥,跨越大渡河,建于公元 1706 年,跨度 100 米,宽 2.8 米,底索 9 根,上铺木板为桥面,两侧各有两根栏杆索。

宋代《清明上河图》上记载的汴京虹桥,是为数众多的汴京桥梁中有代表性的一座。画家为我们留下了这一珍贵的桥梁形象。为了漕运,水中无桥墩。该桥采用了"贯木"架桥法,即大木穿插叠架成木拱。虹桥桥跨约为 18.5 米,拱矢约 4.2 米,桥面总宽 9.6 米。桥毁于金元之际。几百年来虹桥一直被认为是桥梁史上的绝唱。

1812 年,英国桥梁工程师托玛斯·泰耳福特建造的泰耳福特桥。该桥位于苏格兰克雷格来基城跨越施佩耶河。桥拱由带格子的铸铁肋组成,其弯曲桥面支承在格状空腹拱上。

最早的大跨径斜拉桥——杜塞尔多夫桥梁群体

千姿百态的桥梁

桥梁结构有多种形式。按桥面设置的位置不同划分为：上承式桥（桥面位于桥跨结构顶面）、中承式桥（桥面位于桥跨结构中部）、下承式桥（桥面位于桥跨结构底部）。按桥跨结构所用的材料不同，有木桥、石桥、砖桥、混凝土桥、预应力混凝土桥、钢桥、混凝土桥面同钢梁组合而成的组合梁桥以及玻璃钢桥等。按桥跨结构的静力体系不同可划分为：梁桥、拱桥、刚架桥、悬索桥、斜拉桥和组合体系桥等。此外，还有为通航需要的开启桥、可以移动和拆除的浮桥以及漫水桥等。开启桥又有平转式开启桥、立转式开启桥和直升式开启桥三种类型。

在繁花似锦的桥梁世界中，不管是哪种类型的桥梁，观其总体都是由上部结构、下部结构及其防护建筑三部分构成的。桥梁的上部结构是跨越桥孔，直接承受车辆荷载的结构，又称为桥跨结构。上部结构按其受力特性来说，基本上可分梁、拱、索三大类。梁是受弯构件，截面的下缘受拉，上缘受压；拱是受压构件，局部也承受拉力；索（悬索、吊索、拉索）完全是受拉的。在现代桥梁中，也出现了梁、拱或索组合于一体的组合体系桥梁。桥的上部结构除主要承重构件（梁、拱、索）外，还包括桥面、支座和栏杆等。桥梁的下部结构是支承上部结构的构筑物，将桥跨结构的荷载传递给地基，包括桥台、桥墩、桥塔及其基础。桥梁的两端一般设置桥台。在多孔桥梁中，两桥台间设置桥墩以支承桥跨结构。桥梁的防护建筑是为了保护桥台、桥墩和桥头路基免受水流冲蚀所修建的构筑物，包括桥台两侧的翼墙、锥体护坡，以及设置在桥梁上下游的导流堤、丁坝和护岸工程等。除了在栏板柱上刻有精美的浮雕和雕像外，有些桥梁还有各具特色的桥头建筑，供人们欣赏或使用。桥头建筑也是桥梁的一个组成部分。

中国塘沽海门桥，是跨越海河上的一座升降式开启桥。其结构为下承式简支钢桁架桥，主孔跨度 64 米。当有船舶通过时，在桥塔上用提升机将桥跨结构提起，桥下净高 31 米，可通过 5000 吨海船。

建于 1956 年的德国本道夫莱茵河桥，主跨 205 米。首次实现超 200 米的跨径。

瑞典的奥兰德跨海大桥

梁　桥

　　梁桥是用梁作为桥的主要承重结构。梁的形式有：板梁、T型梁、箱型梁与桁架梁等。一般小跨度梁桥多用钢筋混凝土建造，较大跨度梁桥则用预应力混凝土或钢材修建。梁桥构造简单、施工方便、工期短、造价低且维修容易。对中小型桥梁，梁桥是设计者优先考虑的结构型式。

　　梁桥按其静力体系又可分为简支梁桥、连续梁桥和悬臂梁桥，还有桁架梁桥（木桁架或钢桁架）、刚构桥和撑架桥等。简支梁桥为主梁两端通过支座单独支承在墩台上，各孔独立工作，不受墩台变位影响。连续梁桥是相邻桥孔的主梁连续在一起支承在桥墩上，一般为两孔或三孔连续。荷载作用时，主梁在跨中区域产生正弯矩，在桥墩支座区域产生负弯矩，而弯矩的绝对值较同等跨度简支梁桥要小。悬臂梁桥是将简支梁向一端或两端悬伸出短臂，在两个悬臂间搁置挂梁构成。

**　　科隆多伊茨桥原建于 1946～1948 年，跨度为 132＋184＋121 米，1978～1980 年用预应力混凝土箱梁拓宽。**

中国六库怒江桥，位于云南省，三跨变截面箱型梁，跨度为 85＋154＋85 米，是中国跨度最大的预应力混凝土连续梁桥。

中国南京长江大桥，建于 1968 年，是一座公路铁路两用的双层连续钢桁架梁桥。主桥 10 孔，长 1576 米，连同两端引桥长：铁路桥 6772 米，公路桥 4588 米。

拱　　桥

　　拱桥是以拱圈作为桥的主要承重结构。由于拱圈内主要受压,弯矩很小,适宜用砖石、混凝土等圬工材料修建,特大跨度的拱桥常用钢材建造。拱桥在中国有着悠久的历史,也是最常用的一种桥梁形式,其式样之多、数量之大,为各种桥型之冠。

　　拱桥有实腹拱桥和空腹拱桥之分。实腹拱是将主拱圈以上至桥面间全部用填料填实,自重大,一般只用于小跨度桥;空腹拱是在主拱圈两侧设有小拱,以渲泄洪水和减轻自重。按照主拱圈的静力图式,拱桥可分为三铰拱、两铰拱和无铰拱桥。按照主拱圈的构造形式,又可分为板拱、肋拱、双曲拱、箱型拱、刚架拱、桁架拱和系杆拱桥等。板拱拱圈横截面为矩形实体截面,整体性好、构造简单,但抗弯能力较差,一般用于圬工拱桥。肋拱拱圈由两条或多条拱肋组成,肋与肋之间用横系梁联结。拱肋的截面形状有矩形、工字形、箱形和管形等多种,其抗弯能力优于板拱,用料省,多见于钢筋混凝土或钢拱桥。双曲拱桥和刚架拱桥是中国特有的两种桥型。双曲拱桥在纵向设有拱肋,横向在拱肋间用拱波、拱板和横系梁联结起来,形成在纵横两个方向都呈拱形的桥梁,造型美观轻巧,但整体性较差。刚架拱桥是在双曲拱桥和刚架桥的基础上演进的一种新桥型。箱型拱横截面有的是单室箱、有的是多室箱,拱圈刚度大,适用于百米以上的大跨度桥梁。

　　1578～1607 年,法国于塞纳河塞纳岛端部建造的纳夫桥,桥宽20.8米。在当时这样的桥宽已很不一般了。塞纳岛将全桥分割成不相等的两部分,靠右岸的部分长 150 米共 7 孔,其中最大净跨为 19.6 米。宽 4.50 米的桥墩与桥轴线斜交,桥墩上下游均有伸出的三角形分水尖,分水尖顶部为半圆形平台。

　　举世闻名的卢沟桥,始建于 1188 年,完工于 1192 年,全长 212.2 米,共 11 孔,每孔净跨不等,自 11.4 米至 13.45 米,桥宽 9.3 米,墩宽自 6.5 至 7.9 米,拱圈接近半圆形。

　　1899 年工程师路易斯·琼·里沙耳设计了巴黎的亚历山大三世桥(刚拱桥),该桥以单跨 107.5 米跨越塞纳河。

瑞士弗里堡以北穿越席劳纳湖的格郎特弗铁路高架桥是一座陡拱拱桥。

中国涪陵乌江大桥,位于四川省,是中国最大跨度(200米)的钢筋混凝土箱型拱桥。拱圈由三个箱室组成,采用转体法施工。

中国兰江桥,位于浙江省兰溪市,是主桥为 10 孔跨度 36 米的双曲拱桥。拱圈截面为 4 肋 3 波外悬两个半波。

中国关渡桥,建于台湾省台北市,为中承式 5 孔连续系杆拱桥。中孔跨度 165 米。抛物线形拱圈,桥姿巍峨,与环境景色相辉映。

中国嵩县桥,1976 年建于河南省。是 9 孔跨度 50 米的预应力混凝土桁架拱桥。

中国清远北江大桥,位于广东省 107 国道上,为 8 孔跨度 70 米的刚架拱。

法国巴黎跨越塞纳河的图尔内勒桥，是一座实腹拱桥，建于 1927 年。为通航需要，其小边孔做得很小，主孔跨度为 74 米，高 7 米。

漂亮的肋拱桥——德国施特劳宾多瑙河桥

带悬臂的拱桥

刚 架 桥

刚架桥是将梁和墩台固结成一个整体的桥梁，刚架结构既承受弯矩，也承受轴向力。其优点是跨中梁的高度较小，可增大桥下的净空高度，常用于跨线桥。刚架桥有单孔的，也有多孔连续的。单孔刚架按支柱的结构又有重型门式刚架和轻型柔性刚架之分，有时也做成斜腿刚架。

美国弗吉尼亚州雷星顿附近的毛雷河桥（刚桥）

奥地利因思布鲁克南部的布伦纳高速公路上的欧洲桥。建于 1960 年，最高的桥墩为 146.50 米。高山景色与钢箱梁下的强大桥墩相呼应。纤细的墩柱没有横向联系，看上去轻巧而豪放。

中国安康汉江桥，主跨 176 米的斜腿刚构桥，主梁和斜腿均为栓焊（钢）箱型结构。

意大利跨越斯法拉莎山谷的世界最大斜腿刚构桥，其桥面在河底以上 250 米，跨径 370 米，被斜腿分成 108 米、160 米、108 米三段。

1883年，在纽约举行了跨径长486米的布鲁克林桥通车盛典，此桥打开了20世纪长大吊桥的黄金时代大门。

悬索桥

　　悬索桥又叫做吊桥。它以悬挂在两端桥塔上的缆索作为主要承重结构，缆索在桥塔后面锚固在桥台上或基岩中。桥面用吊索挂在缆索上，桥面结构由钢箱梁或预应力混凝土箱梁构成。

　　悬索桥的缆索主要承受拉力，需用高强度的钢丝、钢绞线或钢缆等制作。由于悬索桥可充分利用钢材的抗拉强度，用料省、自重轻，是跨越能力最大的一种桥型，跨度可达1000米以上，故常用来跨越山谷、大川、港湾和海峡。目前世界上最大跨度的悬索桥是英国1981年建成的恒比尔大桥，跨度1410米。

英国恒比尔大桥

　　瑞士工程师 O. H. 安曼在跨越纽约赫德森河的乔治·华盛顿桥的设计中，首创主跨超 1000 米的吊桥纪录，此桥建于 1929～1932 年。乔治·华盛顿桥建成不久，1933～1935 年又在旧金山市建造了金门大桥，该桥主跨 1280 米。在相当长的时间内，该桥被认为是世界第八奇迹。（上图为乔治·华盛顿桥，下图为金门大桥）

中国淘金桥,位于湖南洞口,跨度 70 米,是一座自锚上承式悬带桥,桥面作为受压构件以平衡悬带中的拉力。

预应力混凝土结构和预应力混凝土桥

预应力混凝土结构是通过对钢梁预先施加应力的方法,使混凝土在荷载作用之前预先受压。预应力一般用张拉高强度钢筋或钢丝的方法产生,分先张法和后张法两种。前者先张拉钢筋,后浇灌混凝土,待达到规定的强度后,进行锚固;后者则在混凝土达到规定的强度后,将穿过混凝土内预留管道中的钢筋张拉,并在两端锚固。预应力能提高混凝土承受荷载时的抗拉能力,防止或延迟裂缝的出现,并增加结构的刚度,节约钢材和水泥。预应力混凝土桥主要承重结构用预应力(钢筋)混凝土建造,可提高桥梁结构的抗裂性与刚度,适用于较大跨度。首创设计预应力混凝土桥的是法国人尤根弗莱西奈。

莱茵河支流摩泽尔河桥

斜 拉 桥

斜位桥又称斜张桥,是由主梁、斜拉索、索塔和桥墩等部分构成的。主梁一般为预应力混凝土或钢箱梁,用斜拉索吊在桥塔上。斜拉索用高强钢丝或钢缆制作。斜拉桥的形态多姿多彩,美丽壮观。其拉索的布置形式有:将拉索布设在桥梁中轴上的单索面斜拉桥,将拉索布设在桥两侧的双索面斜拉桥。索面布置又有竖琴形和扇形之分。索塔结构有门架式、直塔式、H 型、倒 Y 字型、钻石型和花瓶型等多种式样。有独塔斜拉桥,也有双塔斜拉桥。斜拉桥由于梁的高度小、用料省,桥下净空大,适于建造跨越大江、大河和海峡的大跨度桥梁。

斯伯牙的莱茵河桥为A型独塔斜拉桥,所有拉索在一个垂直索面内。275米的主跨,由四根后拉索支承,后拉索锚固于梁端部。

第一座密索斜拉桥是德国波恩莱茵河北桥,相邻索距仅 3 米左右。悬吊点开始于距桥墩 35 米处,这是斜拉桥的一次大变革,采用了数量多而细的缆索,看上去给人一种纤细美。

中国湖南桃江马迹塘桥，三跨连续的板拉桥，跨度 30.7＋60＋30.7 米。板拉桥是斜拉桥的一种型式，拉索用混凝土包裹成拉板，拉板、塔柱和主梁均作刚性联接。

中国重庆石门桥，跨越嘉陵江，主跨为 200＋230 米独塔单索面的预应混凝土斜拉桥。柱式桥塔高 163 米，采用转体法施工。

德国在科隆跨越莱茵河的塞弗林桥是第一座 A 型塔大跨径斜拉桥，主跨为 302 米。在最后一根钢索以外，还有 121 米的主跨没有钢索悬吊而支承在墩柱上。因此，主梁采用了很高的箱梁。

南浦大桥建于上海市南市区南码头,全长 8629 米,主桥长
864 米,中孔跨径 423 米,桥面宽 30.35 米,是一座跨江(黄
浦江)双塔双索面叠合梁斜拉桥。主塔呈 H 型,高 154 米。

穿 山 越 岭

铁　路

铁路是人类文明进步的伟大里程碑之一。早在19世纪,铁路就为工业革命提供了经济可靠和大容量的陆上运输。铁路出现不久即成为陆上客运和货运的主要交通工具,现在仍旧是许多发展中国家的主要运输工具。

人们只要一提到铁路,就会想起一条轨道,上面跑着一列长长的火车。其实现代的铁路不仅包括线路、机车、车辆,还有诸如车站、通信信号等基础设施以及铁路客货运输组织工作,是一个很庞大的系统。

铁路是一种现代化的陆地交通工具,它利用轨道上运行的列车来运载旅客和货物。世界上自有铁路以来,至今已有100多年的历史。铁路从其诞生就显示出强大的生命力,在整个运输系统中占有重要的地位。目前,世界上绝大多数国家和地区都有了铁路,营业里程总长约130多万公里,这个长度相当于地球赤道的22倍。若把各国的铁路按不同的技术特征排一排队,中国在营业里程方面占第5位,美国居首位;按国土面积计算的铁路网密度来说,西欧国家和日本名列前茅;按每公里线路平均所承担的客货运量来说,中国仅次于俄罗斯。

铁路的基本原理是使用附有轮缘的钢制车轮滚动于钢轨上,这就赋予铁路具有担负大宗运输的能力。每列车载运货物和旅客能力比汽车和飞机大得多。货物列车平均牵引5000吨左右,重载列车达上万吨。货物运输能力每年单方向可望超过1亿吨。

铁路技术设备包括固定设备和活动设备,是铁路运输的物质基础。固定设备有线路、车站、通信信号、机车车辆的检修、整备、给水等设备和建筑物以及电气化铁路的供电设施等。活动设备主要有机车、客车、货车等。

铁路运输与其它运输形式相比具有以下几方面的特点和优势:

能耗少　铁路轮轨之间的摩擦阻力小于汽车车轮和地面之间的摩擦力,因此铁路机车单位功率所能牵引的重量约比汽车高10倍,并且可综合利用各种能源。

速度高　货物列车和旅客列车行车速度通常为60～110公里/小时,高于汽车和船舶。高速旅客列车时速已达260公里/小时,而法国高速客车试验速度已超过500公里/小时。

适应性强　铁路建筑遇水架桥、逢山开路,受地理和气候条件限制小,可以全天候运输,具有较高的连续性和可靠性。

设备齐全　铁路客车具备人们旅途生活中所需的一切。在车上,人们可以吃饭,可以睡觉,还装有电灯、电话、暖气、电扇、广播甚至空调设备,有的车上还配有电视。

联动性强　铁路运输工作的准确性和连续性要求各部门、各工种之间必须做到既精确又协调一致。如果某个环节出了故障,就会影响一定地区甚至整个铁路网运输生产的顺利进行。所以铁路是一部在运输生产中高度集中、庞大的联动机。

万吨重载列车

一列运行中的列车

法国 TGV 高速列车

车轮滚滚

铁 路 史 话

在铁路诞生以前,世界上所有的车辆都是由人力推进或畜力牵引运行的,行驶的路面也一直是用土石等天然材料构筑而成的。直到1825年,世界上第一条铁路在英国斯托克顿至达灵顿之间诞生了,车和路才发生了巨变。这一发展标志着铁路时代的开始。

说起铁路,离不开轨道和机车,这二者形影不离,缺一不可。但轨道的发明远早于机车。最早用于轨道的材料是木头,后来经历了由木头到生铁,生铁到熟铁,再由铁轨到钢轨的发展过程。而机车是随着蒸汽机的发明应用而诞生的。铁路的发展同其它事物的发展一样,经历了由初级到高级、由简单到复杂的过程。最早的火车速度还不如一匹马跑得快,而现在已经有了实用时速达260公里的高速列车。由于铁路能够高速、大量地运送旅客和货物,18世纪后期,各国为了弥补水运的不足,开始大量修筑铁路。铁路极大地改变了运输业的面貌,促进了工业化的进程,为工农业的发展提供了新的、强有力的交通运输工具。

早　期　的　探　索

铁路萌芽于16世纪。当时，矿山开发业发展迅速，为解决运送矿石问题，人们制造了木制的轨道，装着煤矿和矿石的小矿车可以推着在木轨上行走，比在普通的路面上省力多了。这便是最早的"轨道"。1763年，俄罗斯水力工程师伏罗洛夫，在阿尔泰山上建筑了一条轨道，用水力转动绞盘上的绳子，来牵引装着矿石的小矿。1809年，小伏罗洛夫又在阿尔泰山上修建了两公里用凸形铁轨铺设的轨道，并用马力牵引。这一时期的铁路可以称之为矿山铁路，是现代铁路的雏形。当时，运载动力主要是人力、水力以及畜力，其功率还很小，应用范围也只限于矿山。

1782年，英国人瓦特发明的蒸汽机给铁路的机械化带来了希望。人们为把蒸汽机应用于运输工具，以便用蒸汽机代替牛马拉车，经历了几十年的苦苦研究，终于在1825年由英国铁路蒸汽机发明家斯蒂文森成功地设计了"运动号"机车。这台机车的诞生揭开了铁路运输的序幕，在陆地运输史上树立了一个里程碑。这一年，英国斯托克斯—达灵顿铁路建成，这是世界上第一条采用机车牵引并同时办理客运和货运业务的铁路。此后，美国于1827年、法国于1828年、俄国于1834年先后开始修筑铁路。

斯蒂文森

1781年出生于英国泰纳河边的威兰。从小家境贫寒，靠挖煤为生。1811年，当上了发动机工。1821年，担任从斯托克顿到达灵顿铁路的工程师，并于1825年成功地试验了标志着现代铁路诞生的"运动号"机车。之后，斯蒂文森又负责修建了从利物浦到曼彻斯特的64公里铁路。这条铁路使用斯蒂文森和他儿子共同设计的新机车"火箭号"为牵引机车，速度为每小时47公里。

"运动号"蒸汽机车

第一台电力机车（1879 年）

1892 年的德国内燃机车

世界铁路的发展

到目前为止,铁路技术已有了很大的发展。就其整个发展过程来看,大致可以分为以下四个时期:

开创时期（1825～1850 年） 这一时期正值工业革命后期,钢铁工业、机器制造业已经达到了一定的水平,为铁路线路的铺设以及机车车辆的制造奠定了基础。同时,随着生产规模的扩大,工业企业的原材料和产品的输送问题急需解决,这样使得铁路迅速兴起。

发展时期（1850～1900 年） 这个时期已经有 60 多个国家和地区建成了铁路并开始营业。此时,铁路建筑技术有了新的发展,蒸汽机车的性能日趋完善。同时,电力机车和内燃机车先后于 1879 年和 1892 年研制成功。英国和美国首先采用钢轨和钢制桥梁。在此期间,美、英、俄、德等国家铁路修建高速发展。仅 19 世纪 80 年代的 10 年间,美国共建成铁路 11 万多公里。

成熟时期（1900～1950 年） 这一时期已有近百个国家和地区建成铁路并开始营业。尤其是第二次世界大战以前,中东地区修建了许多铁路。由于从 20 世纪 30 年代开始,公路和航空运输相继发展起来,铁路受到来自公路和航空等运输方式的威胁。英美和西欧各国除改进和更新现有的铁路系统外,新线建设减少。技术重点转向提高行车速度,改进铁路客、货运输服务设施,逐步开始用内燃机车和电力机车代替落后的蒸汽机车。在发达国家,由于铁路运输难以同飞速发展的公路和航空运输竞争,逐渐出现了萧条景象,如美国在 1920～1950 年间拆除了 9 万多公里铁路。

新发展时期（1950 年至今） 这一时期,铁路技术改造获得了重大的进展,如美、法、日等国牵引动力几乎全都采用内燃机车和电力机车,许多国家的重要干线都已电气化。60 年代后期,铁路的修建又开始走向兴旺。1960～1980 年世界各国共建成新铁路 4 万多公里。同时,各国为了提高铁路的竞争能力,纷纷研制高速铁路和重载铁路。1964 年,日本建成东京到大阪间的第一条高速铁路——东海道新干线,专门行驶旅客列车,最高速度达到每小时 210 公里。

在高速铁路出现的同时,世界上一些有大宗煤炭或其它矿产货物输送任务的国家开始使用重载列车。目前,最重的列车总重已达到 2 万吨以上。

日本最后一台蒸汽机车

日本新干线

包括东海道新干线、山阳新干线、东北新干线和上越新干线。其中，东海道新干线是世界上第一条行车速度每小时超过 200 公里的高速铁路。前两条新干线时速为 210 公里，后两条新干线的行车速度达到了每小时 260 公里的行车速度

日本新干线高速列车

最大的铁路行车事故

世界上最大的铁路行车事故于 1981 年 6 月 6 日发生在印度东北部的比哈尔邦。这天，一列由 9 节车厢编组的旅客快车从新德里出发，正往巴姆克维驶去，当即将行至巴格马德大桥时，瞭望司机发现前方有一头水牛横立在桥头的轨道上，于是司机紧急刹车。正在这时，突然从河面上又刮起了一股巨大的旋风，结果列车被颠覆，7 节车厢掉入 20 米深的河中，估计有 2000 余人丧生。

第一例路外伤亡事故

世界上第一个在火车轮下丧生的人是英国下议院议员赫斯基森。1830 年 9 月 15 日英国利物浦至曼彻斯特铁路按期完工，举行盛大的通车典礼，参加检阅的有"火箭号"和"诺森伯兰人号"等 7 台机车以及许多客车编组而成。由于世界上第一条营业铁路在英国诞生还不到 5 年，火车常被一些封建保守势力说成是"异端邪说的产物"。当列车行至帕克莱德时，赫斯基森心不在焉地站在正线轨道上，当"火箭号"机车临近时，他想爬上侧线机车以便躲开迎面而来的"火箭号"机车，但为时已晚，躲闪不及，被机车的巨大惯性压断了一条腿。"诺森伯兰人号"以最高时速 58 公里的速度将赫斯基森送往距帕克塞德 24 公里以外的地方医院抢救，创下了当时的行车速度记录。虽然议员终因伤势过重而死亡，但从中人们不仅看到了使用一种新的运输工具可能会带来的危险以及还存在的不少阻力，更重要的是人们发现了火车高速的优越性及其强大的生命力，因而更加重视铁路运输的作用，并加强了行车中的安全措施。

"龙号"机车

中国铁路的发展

中国土地上出现的第一条铁路是 1876 年英国商人以欺骗手段修建的吴淞铁路。吴淞铁路全长 14.5 公里,起自上海苏州河北岸,止于江湾徐家花园。中国人自己修建铁路真正的开端是"唐胥铁路",于 1881 年完成,由唐山至胥各庄,全长 10 公里,为现北京至沈阳铁路的一段。当时主要是为了开采煤矿,将煤从矿区运到最近的海口装船运出。在唐胥铁路修建后,中国工人凭借英国人手中的几份设计图纸,利用矿场的起重机锅炉和长井架等设备,试制成功了中国第一台机车——"龙号"机车。

中国自行设计并自行修建的第一条铁路是京张铁路。工程由著名铁路工程师詹天佑主持。京张铁路起自北京丰台,经居庸关、沙城、宣化至张家口,全长 201.2 公里,于 1905 年 9 月开始修建。由于地形复杂,这项工程极为艰巨。当时,外国人断言"中国造此路之工程师尚未诞生"。为了穿越燕山山脉以及军都山的陡山大沟,詹天佑在 22 公里线路区段内采用了 30‰的坡道和"人"字形铁路,列车到达青龙桥车站时,换个方向,这时后推机车变成牵引机车,牵引机车改为推送,成功地克服了地形困难。詹天佑以其卓越的成就有力地回击了外国人的轻蔑狂言,开创了中国人自行设计、修建铁路的先河。

从 1876 年修建第一条铁路到 1949 年新中国成立,中国共修建铁路 2.1 万公里。这些铁路标准低,设备简陋,分布也极不合理,绝大部分位于东北和东部沿海地区。由于连年战争,建国前能通车运营的线路实际上只有 1 万多公里。

京张铁路

詹 天 佑

(1861～1919)

中国杰出的铁路工程师。詹天佑于 1872 年 12 岁时赴美留学,1881 年以优异的成绩毕业于耶鲁大学土木工程系,并于 7 月份回国。1888 年詹天佑开始参加铁路工作,任工程师。先后参加了天津至山海关、北京的新建工程和山海关至沈阳铁路的建设,并主持过营口支线、北京至张家口铁路工程。辛亥革命后,詹天佑曾就任粤汉铁路会办兼总工程师、粤汉川铁路会办、中华民国政府交通部技监、中华工程师学会第一任会长。先后建成广州至韶关、武昌至长沙的铁路,并完成了川汉铁路的筹建工作。

詹天佑纪念铜像

中国铁路组织机构

中国铁路最高行政领导机构是中华人民共和国铁道部,下分五大系统:运输、建筑、工程、工业和供销系统。运输系统又自上而下设有铁路局(集团公司)、铁路分局(铁路总公司)和站段。车站和各业务段是铁路的基层生产单位,由车站、车务段、机务段、车辆段、列车段、工务段、电务段、房产段、生活段等业务部门组成。

历经 100 多年的中国铁路有了长足的发展。到 1994 年底,中国铁路营业里程已达 5.4 万公里,另外还有 5000 多公里的地方铁路。除西藏自治区外,全国各省、市、自治区都建有铁路,形成了遍布全国各地的铁路网。1949 年前,中国铁路使用的机车车辆,绝大部分依赖进口。新中国成立以后,建造了自己的机车车辆工厂,分别于 1952 年开始自制蒸汽机车,1958 年开始自制内燃机车,1960 年开始自制电力机车。到 1994 年,内燃、电力机车所占比重达到了 68.2%,标志着中国铁路进入了以内燃、电力机车为主的新时期。

随着中国内燃、电力机车数量的不断增加,铁路科研人员开始向大力发展中国重载和高速铁路方向迈进。在大秦线重载铁路运营的同时,广州到深圳的准高速铁路也已开通,而且成功地研制了能够适应准高速铁路时速 160 公里的东风 11 型电力机车。不久的将来,中国的货运列车必将拉得更多,客运列车必将更快、更舒适。

如今,在中国辽阔的土地上,无论是从山区到平原,从内地到边疆,还是从城市到乡村,每天都有巨龙般的列车穿山越岭、跨河过江,运行在铁路线上,输送着南来北往的旅客和货物。就目前中国工业化发展程度看,铁路仍是国民经济的大动脉,是国民经济的基础设施,对社会生产力的发展起着积极的推动作用。

中国大秦线上运行着的万吨重载列车

铁 路 机 车

　　铁路机车是铁路运输的牵引动力,平时人们习惯称它为火车头。铁路机车本身不载货,只作牵引车辆运行于铁路线上。到目前为止,铁路机车主要有蒸汽机车、内燃机车和电力机车三大类,是利用蒸汽机、柴油机、牵引电动机或其它动力机械产生的动力,并通过机车传动装置驱动动轮,借助动轮和钢轨之间的粘着力,产生推动力即机车牵引力,从而使车辆前进。铁路运输一般都是用一台机车在车列前面牵引车辆前进,但当列车在陡坡道向上行驶而一台机车牵引力不足时,可在列车尾部加挂补助机车推送,以通过困难区段。有时为了提高运输能力,也可用两台机车或多台机车联挂来牵引列车。

　　铁路机车机身上都有自己的路徽标志,以示其产权所属。另外,机车还标有配属标记、制造标记、检修标记以及其它各种标记。

"火车头"——铁路机车

蒸　汽　机　车

蒸汽机车发展史　最早的火车头是蒸汽机车，可以说，蒸汽机车和铁路同龄。它的发展主要有两个方面：一方面是牵引力和功率的提高，表现为动轮轴数和辅助轴数的增加，锅炉机汽缸的加大；另一方面是热效率和机械效率的提高，表现为炉床面积和锅炉受热面积的增大，蒸汽压力和温度的提高，废热的利用。一般将蒸汽机车的发展过程划分为三个时期。

　　形成时期（1804～1830 年）　瓦特发明蒸汽机后，1804 年英国人 R. 特里维西克发明了一辆铁路蒸汽机车，锅炉内有一个平放的汽缸，有两对动轮，由齿轮传动。这台机车的发明，向人们证实了光滑的铁制的机车驱动轮可以在光滑的铁轨上运行且不会空转打滑。同时，也证明了机车可以拖动比机车自身重得多的东西。随后，G. 斯蒂文森制造出"运动号"机车，被誉为首次成功的机车。后来斯蒂文森之子 R. 斯蒂文森又先后制造了"火箭号"和"行星号"蒸汽机车，标志着蒸汽机车的基本构造已渐趋稳定。

"火箭号"蒸汽机车

　　发展时期（1831～1920 年）　1830 年以后，许多国家先后开始制造蒸汽机车。这一时期的蒸汽机车动轮由二对或三对发展至四、五、六对，蒸汽机车的热效率、牵引动力和功率都有所提高。1884 年瑞士人 A·马利特发明了被叫做"大人物号"的关节式机车，在时速为 120 公里时，可发挥 6000 马力以上的功率。

法国 241P 型蒸汽机车

探求新设计时期（1920 年以后） 这一时期的蒸汽机车的性能进一步得到改善，蒸汽机车的速度和牵引力都有很大的提高。英国的"马拉德号"流线型蒸汽机车时速可达 202 公里，创造了 20 世纪 30 年代蒸汽机车行驶速度的最高纪录。而法国的 241P 型蒸汽机车共有四个汽缸，两个高压，两个低压，是当时欧洲最先进的蒸汽机车之一。为提高机车热效率，许多国家采用了利用废气热来加热给水的混合式给水加热器。目前，中国的前进型、建设型和人民型蒸汽机车都已安装了这种设备。

蒸汽机车热效率较低，它"吃"下去的"粮食"即煤，只有 7％左右被消化和吸收变成动力，而其余的 93％都被白白地浪费掉了。同时，蒸汽机车还要大量"喝水"，在缺煤少水的地方，很不方便。而且，蒸汽机车污染大，司乘人员工作条件艰苦。尤其是在通过山洞时，如果不紧闭门窗就会烟气袭人、闷热难忍。第二次世界大战后，蒸汽机车已逐渐被内燃机车和电力机车所代替，美、日、前苏联等发达国家相继于 1960～1977 年停止使用蒸汽机车。

蒸汽机车工作原理 蒸汽机车由锅炉、汽机、车架和走行机构以及煤水车等组成。锅炉是燃烧燃料和产生蒸汽的部件。汽机是将蒸汽的热能转变为机械能的部件，包括汽室、汽缸、活塞、摇杆、连杆、阀动装置等部件。锅炉、汽机等设备是安装在车架和走行部机构上的。走行机构由动轮、导轮、从轮、轴箱、转向架和牵引装置等构成。煤水车装载机车所需的煤、水、油脂和存放工具，挂在机车司机室后面。

蒸汽机车工作原理是：先把燃料投入锅炉内燃烧，将锅炉里的水烧成蒸汽贮存在锅炉内。司机开启汽门后，蒸汽经过配汽机构进入汽缸，并在汽缸内膨胀做功，推动活塞经活塞杆、摇杆等机械部件传递给主动轮，再经连杆传递给其它动轮，从而使机车前进。膨胀做功的废气由烟囱排出，同时大量的新鲜空气进入火箱，使煤能旺盛地燃烧。蒸汽机车每小时需燃烧 2 至 3 吨煤，蒸发一二十吨水，这些"粮食"全部由煤水车供应。

蒸汽机车做功图

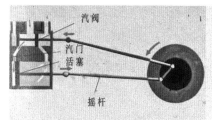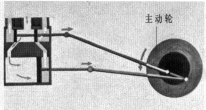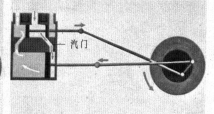

蒸汽机车剖面图

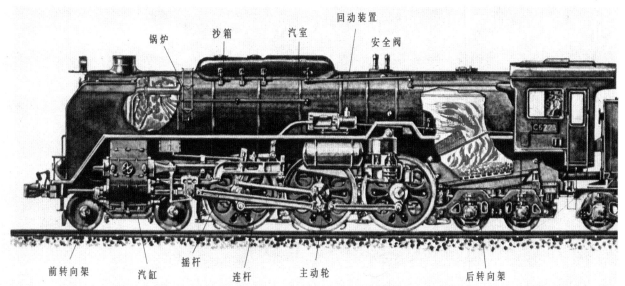

中国蒸汽机车家族　中国自 1881 年制造"龙号"机车至今已有 100 多年的历史了，但我国真正的蒸汽机车史是从 1952 年开始的，以后逐步发展出解放型、建设型、胜利型、人民型、FD 型和前进型等 6 种主型蒸汽机车。其中，胜利型和人民型蒸汽机车主要用于客运，其它机车一般用于货运。蒸汽机车在 80 年代以前是中国铁路主要的牵引动力，以后逐渐由内燃机车和电力机车所代替。目前，我国已停止生产蒸汽机车，但仍在营业的蒸汽机车还不少，1994 年大约占机车总量的 31.8％。

前进型蒸汽机车

电 力 机 车

电力机车发展史 电力机车是蒸汽机车的"大弟弟",比内燃机车早出生13年。早在1842年,苏格兰人R.戴维森就制造出了一台用40组电池供电的重5吨的标准轨距电力机车。但由于当时电力机车还很原始,技术不过关,机车只能勉强工作。到了1879年,德国人W.Von.西门子首次成功地试验了他制造的一台小型电力机车,标志着电力机车的诞生。这台机车由150伏直流发电机供电,是通过两条轨道中间绝缘的第三轨向机车输电。电力机车正式用于营业是英国1890年在5.6公里长的一段地下铁道上牵引车辆运行。美国于1895年开始将电力机车应用于干线铁路。以后德国、日本也相继研制了自己的实用电力机车。

由于各国制造的电力机车电压制较复杂,往往不一致,使得机车在国际联运时不易过轨。只有法国制造的CC40100型电力机车能够使用四种不同

德国 EC40 型电力机车

美国 4800 型电力机车

意大利 E44 型电力机车

的电力供应,可用于国际联运。为了克服这一缺点,国际上已定出几种电力机车甲标准电压,以适应国际联运的需要。

电力机车具有功率大、过载能力强、牵引力大、速度快等特点。一台电力机车的功率相当于三台蒸汽机车,尤其是在山区铁路上,电力机车工作得更加出色。此外,电力机车不用烧煤,不污染环境。所以,电力机车越来越成为世界各国铁路现代化的发展方向。在运输繁忙和线路条件困难的铁路区段实现电气化,是铁路建设的重点。随着高速铁路和重载铁路的兴起,电力机车必将有更广阔的前景。目前,各国电力机车主要向大功率、高速度、强耐用方向发展,客运机车时速已超过 200 公里。

中国于 1958 年制造完成第一台以引燃管整流

韶山4型电力机车

日本 EF65 型电力机车

的韶山型电力机车。此后,又进一步改进,目前已发展到韶山9型电力机车。1961年完成的宝成铁路宝凤段电气化的建设,成为中国第一条电气化铁路。此后,经过科研工作者的努力,研制出中国第一台快速客运电力机车韶山5型,为中国高速铁路的发展打下了基础。

电力机车工作原理 电力机车是由牵引电动机驱动车轮而推动机车前进的,电力机车自诞生起就是一种非自带能源性的机车,它所需的电能是由电气化铁路供电系统的接触网或第三轨供给的。电力机车由机械部分、电气部分和空气管路系统三部分组成。机械部分包括走行部和车体,是电力机车的基础。电气部分包括各种电气设备及其连接导线,是电力机车的心脏。空气管路系统是负责供应机车所需压缩空气的设备。电力机车按所用电流不同分为直流电力机车和交流电力机车两种。

电力机车的工作原理同城市的有轨电车相似,都是通过装在车顶上的受电弓传送电能的。来自发电厂、高压输电线的电能,经牵引变电所降压后,向架设在铁路上空的接触网通电,受电弓同接触网相接,在接触网下滑动,取得电能,引入机车,并经过变换后驱动牵引电动机。由于电动机的转轴同车轴上的齿轮咬在一起,因此电动机就带动车轮转动,从而使机车沿着钢轨向前运动。传入机车的电流再经过轨道返回发电厂,形成一个完整的输电回路。电力机车供电系统按照向电力机车提供的电流性质分为直流制和交流制两种。

电力机车构成图

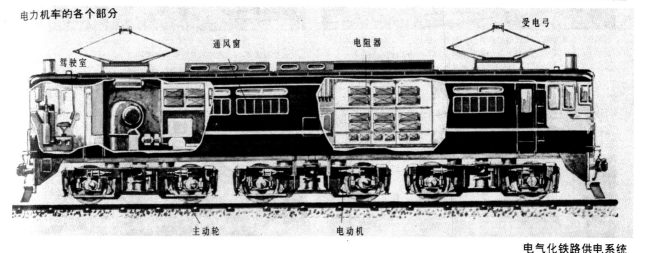

电力机车的各个部分

驾驶室　通风窗　电阻器　受电弓

主动轮　电动机

电气化铁路供电系统

直流电　变电所(变压器)　整流器

电闸

相交门　电动机

抽头变换装置　交流电　变电所(变压器)　整流器

整流器

电动机　变压器

发电站

内 燃 机 车

　　内燃机车可以说是蒸汽机车的"小弟弟",但它同蒸汽机车的"血缘关系"要比电力机车亲近得多,因为内燃机同蒸汽机都属于热机。内燃机车是以内燃机产生动力,并通过传动装置驱动车轮行走。内燃机车是个"双胞胎",按用于机车的内燃机种类不同可分为柴油机车和燃气轮机车两种。由于柴油机车的使用远比燃气轮机车广泛,尤其在中国,因此中国习惯上所说的内燃机车主要指柴油机车(以下若不特别指明,内燃机车即指柴油机车)。内燃机车按传动方式不同分为电传动内燃机车、液力传动内燃机车和机械传动内燃机车。

长征2型燃气轮机车

日本 DD51 型液力传动内燃机车

内燃机车发展史 内燃机车的发展可分为三个阶段：

探索试制阶段（19世纪末至20世纪20年代末） 19世纪六七十年代，随着内燃机的迅速发展，铁路机车设计者开始将内燃机应用于铁路，并于1892年制造出第一台内燃机车，虽然只有5.88千瓦功率，尚无法满足铁路运输的需要，但它的成功为铁路带来了新的生机。到了20世纪20年代，内燃机车进一步发展，开始投入运用，主要从事调车作业。

试用和实用阶段 30年代，柴油机几乎成为内燃牵引的唯一动力装置，而功率已达1000千瓦。其中，直流电力传动装置已被各国广泛采用；液力传动装置的液力耦合器和液力变扭器也已发展到可以在柴油机车上应用。到了30年代后期，开始将内燃机车应用于干线客运。

大发展阶段 二次大战后，柴油机的性能和制造技术迅速提高，多数配装了废气涡轮增压系统，功率提高了近一倍，并逐渐向大功率方向发展。

目前，除德国和日本采用液力传动和高速柴油机外，其它国家一般以采用电传动为主。

中国于1958年开始制造内燃机车。第一批内燃机车是东风型和东方红型内燃机车，一节为2000马力。目前，我国铁路使用的自造内燃机车主要有东风8型电传动货运机车、北京型液力传动客运机车以及东方红5型电传动小运转内燃机车，其中东风8型内燃机车已达到国际水平。该型机车功率大、质量高，是各大干线的主型机车。截止1994年，中国使用的内燃机车占全部机车的52.2％。

法国 BB6700 型电传动内燃机车

日本内燃车组

中国东风电传动内燃机车

内燃机车工作原理　内燃机车由柴油机、传动装置、车架、车体、转向架、辅助装置、制动装置、控制系统和机车信号装置等组成。柴油机是内燃机车的动力装置，分为 4 冲程和 2 冲程两种，4 冲程机的热效率高于 2 冲程机。从柴油机转速来看，一般有每分钟 1000 转的中速机和每分钟 1500 转的高速机。中国东风 4 型内燃机车采用的柴油机是"16420 乙型"，即表示柴油机有 16 个气缸，分两排成 V 字型排列，气缸内径为 240 毫米，装有废气涡轮增压空气中间冷却器，是一种 4 冲程柴油机。

内燃机车的动力是由它的曲轴输出的，由于柴油机的外特征不符合牵引列车的要求，不能用它直接驱动机车，因而必须在柴油机与机车动轴之间加装一套传动装置，将动力传到车轴。主要有三种传动方式：一种是机械传动，用机械的方式变换机车动轮和柴油机的转速比和转矩比以传递动力，一般用在小功率的内燃机车上。第二种是电传动，将柴油机的动力转换成电能，然后再转换成机械能以传递动力，主要有直——直流电力传动，交——直流电力传动，交——直——交流电力传动，交——交流电力传动四种。第三种是液力传动，用柴油机驱动离心泵，冲击涡轮，传递动力。

由于传动装置不同，相应的液力传动内燃机车和电传动内燃机车的构成也有所区别。

对于电传动内燃机车，柴油机的曲轴输出端同发电机的转子连接在一起，柴油机带动发电机转子旋转发出电流，驱动安装在机车转向架上的牵引电机转动，将电能转换成机械能，并通过电枢轴上的主动齿轮传给动轮上的从动齿轮，驱使机车运行。

液力传动内燃机车的柴油机工作时，带动液力泵旋转，将油箱里的液压油吸起并加压，产生很高的压力和流速，带动走行机构液压马达旋转，通过齿轮驱动轮对，使机车运行。

燃气轮机车　燃气轮机车是内燃机车的"双胞胎弟弟"，也是自带能源。它以燃气轮机作为动力，通过传动装置驱动车轮。这种机车对燃油质量要求不高，不论轻质油还是重质油、柴油、原油，甚至煤粉都可以使用。最早的燃气轮机车是瑞典人于 1933 年制造的。此后，法国、美国都制造出功率不同的燃气轮机车，并投入运营。

中国于 1969 年研制出长征 1 型燃气轮机车，之后经过改进又研制出长征 2 型燃气轮机车，但目前还没有批量投产。

燃气轮机车除动力装置、部分传动装置及部分辅助设备外，其它部分都与柴油机车构造相同。其工作原理是将空气压缩成高压空气，高压空气进入燃烧室同喷油嘴喷出的雾状燃油混合燃烧产生膨胀，经过几次循环，然后用很高的速度喷入涡轮机，冲击叶片使涡轮机转动，通过传动装置驱动机车运行。

虽然燃气轮机车制造和修理比较简单，运用可靠，对燃料要求不高，但这种机车效率比柴油机车低，大功率传导比较困难，噪音大，并且对材料的耐热性要求很高，因此至今还没有广泛使用。

电传动内燃机车构成图

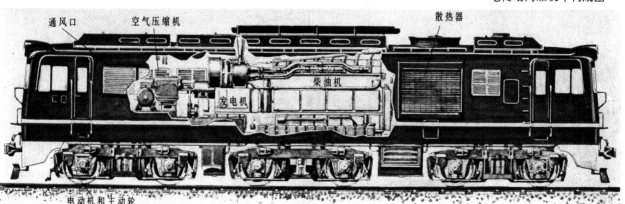

通风口　空气压缩机　散热器
柴油机
发电机
电动机和主动轮

动 车 和 动 车 组

动车 列车开始都是由机车牵引而运行的,车辆本身没有动力。后来,人们为了克服机车庞大、使用不灵活的缺点,研制出了一种动车。动车是在客车上安装动力机器,结构上兼有柴油机车或电力机车与客车的特点。这样,客车自己也能跑了。动车同机车一样,按传动装置不同分为机械传动动车、液力传动动车和电传动动车三种。按动力装置不同可分为柴油动车、电力动车和汽油动车。

最早的动车出现于 1906 年,是英国人制造的一台电传动 150 千瓦汽油动车,可坐 91 人,并带有行李间,用于不繁忙地段。到了二三十年代,柴油动车发展迅速,为欧洲、美洲等国家和日本大量使用,运行速度可达到每小时 140 公里。

动车车体两端都设有驾驶控制装置和瞭望窗,一端的驾驶台后面是机器间,装有柴油机(同内燃机车相似)或各种电气设备(同电力机车相似)和传动装置。有的动车为了增加载客量,采用功率在 300 千瓦以下的卧式柴油机,并将柴油机、传动装置和其它辅助设备装在动车底架下部,以减小机器间的占用面积。

动车组 随着动车的发展、功率的加大,人们开始在动车后面加挂一节或几节轻型无动力车辆,形成动车组。动车组按动力装置可分为内燃动车组、燃气轮动车组和电动车组。它们同内燃机车、燃气轮机车和电力机车一样牵引数节客车运行。由于动车组两端均装有驾驶台,因而动车组到达终点后不必调头,即可返回起点站,使用非常方便。同时,动车组的运营费用低,起动加速和制动减速都比较快,因而得到很大的发展,运行速度逐年提高。法国 TGV 型电动车组于 1981 年在巴黎和里昂间试验速度创造了 380 公里/小时的记录。

动车组最早只用于支线运输,后来扩大到地下铁道客运、城市市郊快速客运,为持有月票上、下班的人服务以及大城市间特快客运。目前,地铁和电气化铁路采用电动车组作为牵引动力,非电气化铁路采用内燃动车组作为牵引动力。中国目前除在地下铁道使用动车组外,也开始研制地上电动车组,以适应高速铁路的需要。

当前,各国铁路都在向高速化发展。由于机车速度的提高会带来轴重增加的问题,且机车的粘着系数随机车速度的提高而下降。动车组却可以采用全动轴或部分车轴为动轴的方法减轻轴重,也可提高粘着牵引力,非常适合高速运行。

动车构造图

动车的各个部分

驾驶室　进风口

转向架　　　　柴油机　　　散热器　　　　水箱

法国动车组

铁道部科学研究院北京东郊铁道环形试验基地试验运行的电动车组

日本新干线高速电动车组

火 车 头

把机车称为火车头起源于蒸汽机车的发明使用。由于铁路最早使用的机车是蒸汽机车,这种机车是将煤投入火箱里燃烧,把锅炉里的水变成高压、高温的蒸汽,然后推动汽缸里的活塞,进而通过传动机构带动动轮运转,使机车前进。蒸汽机车在运行时,由于煤的燃烧,冒出大量的烟,于是人们就把这种升火冒烟的机车叫做"火车头"。

路 徽

路徽是铁路企业的标志,涂画在机车车辆上时表示其产权归属。各国铁路不论是国营的还是私营的,都有自己的路徽。中国铁路路徽上部的"人"代表人字,表示"人民"之意;下面"工"是钢轨的截面形状,表示铁路。

配 属 标 记

配属标记表示机车车辆配属关系。中国铁路规定所有机车和客车以及部分货车由各铁路局及其所属机务段或车辆段负责管理、使用和维修,并在车上涂刷所配属的铁路局或段的简称。比如:若机车上标有"京局京段"字样,则表示此台机车的配属段为北京铁路局北京机务段。

制 造 标 记

制造标记表示机车车辆的制造工厂名称以及制造年月,一般安装在机车车辆指定位置上。

检 修 标 记

检修标记表示机车车辆进行定期检修的单位和年月,以及下次检修年月。机车车辆每次进行检修时,都由所检修的工厂或机务段、车辆段在修好的机车车辆上标上所修时间及下次检修的时间,并以此作为下次检修的依据。如果在此期间出现事故,可以此为依据查找是否由于检修技术问题所引发。

有轨电车　有轨电车是电车中的一种,它运行在市区内,所以有人也许把它当作汽车。其实从它的运行基础——轨道来看,它是属于铁路家族的。有轨电车必须在轨道上行驶,机动性受到限制。它所用的电力驱动系统同电力机车差不多,是从车顶上的接触网获得电力。可以说,有轨电车也是动车的一种。

有轨电车是19世纪下半叶在马拉轨道车的基础上发展起来的。由于它起动和停止都很容易,加速也快,很适合于市内交通。因此,到了20世纪20年代,有轨电车在世界范围内得到发展。随着汽车工业的发展,许多国家在城市机动车混合行驶情况下,逐渐减少了有轨电车。但到了70年代后期,由于石油的短缺及汽车的污染问题,有轨电车在一些国家重新得到重视。

中国有轨电车发展得比较早,1906年就在天津创办了有轨电车交通系统,随后上海、大连、北京、沈阳、哈尔滨、长春、香港相继建造了有轨电车系统。目前大连、长春、香港仍然保持有有轨电车。

大连有轨电车

荷兰有轨电车

地下铁道　自 1863 年英国伦敦建成世界上第一条地下铁道以来,至今已有 100 多年的历史。地下铁道是在地下修筑隧道、铺设轨道,以电动车组运送大量乘客的公共交通系统。自 20 世纪 70 年代以来,由于城市人口猛增,交通拥挤问题非常严重。而地铁不必占用街道面积,可极大地缓解城市交通紧张局面。因此,许多国家目前大力修建地下铁道。地下铁道开始时是由蒸汽机车牵引的,然后是电力机车,后来才发展成电动车组。地铁的运输能力比公共汽车、电车大,能够大大改善城市交通系统的不均衡,因而很受人们的欢迎。

由于地铁造价十分昂贵,目前不少国家的地铁把郊区部分轨道铺设在地面上,市内部分有的根据地形建成高架线,这样因地制宜修建地铁,可大大降低造价。

地铁车厢内景

中国第一条地铁是 1965 年 7 月开始在北京修建的,它西起苹果园东至北京站。目前,上海、天津也已有了自己的地铁交通线。

里昂地下铁道

北京地下铁道复兴门站　　　　　　　　　　　　　　高架地铁线

铁 路 车 辆

只有机车没有车辆铁路还是无法达到载客运货的目的。机车只是火车"头",车辆才是火车的基本部分。车辆本身不会自动走动,铁路车辆习惯上指的就是这种无动力车。铁路车辆种类很多,数量也比机车多得多,按用途分主要有三种:铁路客车、铁路货车和铁路特种用途车。早期的铁路车辆都是两轴车,设备简陋,后来逐渐向多轴发展。目前,除欧洲各国铁路尚有载重为 18～40 吨的二轴货车外,其它国家的铁路客车和货车均以四轴车为主,四轴车载重一般在 60～70 吨左右。

铁路车辆通常由车体、走行部、车钩缓冲装置、制动装置和车辆设备五部分组成。车体是用来载客和运货的,要具备一定的强度和刚度;走行部由轮对、轴箱、转向架、弹簧、减振器等设备构成,是车辆在轨道上借以行走的"脚";车钩缓冲装置是用来将车辆与车辆连接起来的设备,以便形成列车;制动装置显然是用来使运行中的列车强制减速或停止的,是保证列车安全的设备;而车辆设备是为客货运输服务的各种附加设施。

为了使车辆能正常运行,保证安全,必须对车辆进行定期检修。中国铁路实行厂修、段修、辅修和轴检四级定期检修制度,以保证车辆的良好状态。

客　车

客　车

在所有的车辆里,铁路客车算是最大的了,一辆普通的客车厢就可设 100 个左右的座位,若再加上超员无座的,所容纳的旅客就更多了。铁路客车不同于其它客运车辆之处还在于它为旅客配备了许多使用设备,人们可以在车里吃饭、睡觉,几天几夜不下车也没有问题,所以有人把铁路客车形象地比喻为"会跑的房子"。

客车的构造必须能保证旅客的安全和舒适。现代的客车车体的构成材料已由普通钢发展成为合金钢、不锈钢以至铝合金,大大地提高了车体的强度和刚度,不仅延长了车体的使用寿命、减轻了车体自重,而且能够最大限度地保证旅客安全。同时,许多客车采用了空气调节装置,可以自动调节车厢内的温度,使旅客在旅行途中更加舒适。在行车速度方面,现代的客车转向架装有性能优良的弹簧悬挂装置,使旅客列车运行速度大幅度提高,有的已达每小时 260 公里的高速。另外,坐过火车的人也许注意到每节客车的端部装有一个连接长长的管子的类似阀门的东西,这就是紧急制动阀,一旦出现紧急情况就可以靠它让列车停下。

铁路客车种类很多,有座车、卧车、餐车、行李车、供有空调设备的旅客列车、用电的发电车以及编挂在铁路客车尾部的邮政车等。

座车分为硬座车和软座车。硬座车在纵向中间过道两侧分设二人或三人座椅,两端设有厕所、洗脸室和通过台,其中一端设有列车员办公室,有的硬座车一端设有锅炉间,为旅客供应开水。座椅上部设有行李架,供旅客放置行李,车顶装有照明灯及电扇。中国一般硬座车定员为 118 人左右。软座车要比硬座车舒适得多,坐位是沙发式座椅,间距比较大,较硬座车宽敞了许多。现在,有些国家的软座车还采用了可躺式座椅,如果你想更舒适地睡一觉,就可以将椅背放到向后倾斜的位置。我国软座车一般定员为 60 人左右。

加拿大的双层客车

卧车也分为硬卧车和软卧车两种。卧车车厢设有许多床铺,供旅客睡觉休息之用。中国卧车有两种设置,一种是开敞式硬卧车,每个客室内侧走廊以外的空间用横板分隔成多个与走廊相通的客室,每个客室内设有上、中、下铺各两组,共 6 个铺位。走廊上方设有行李架,下方设有翻板式座椅和小桌,供旅客白天使用,全车定员有 60 人和 66 人两种。近年来中国还制造了一些半开敞式的硬卧车。另一种是包间式,一侧是走廊,一侧是包间,一般设置 9 个 4 人包间(上、下铺各两组)和 1 个双人包间,定员为 38 人,这种车用于国际联运。许多国家的硬卧车一般仅分为上、下两层铺。软卧车较硬卧车更为舒适,它的平面布置同包间式硬卧车差不多,是 4 人包间。中国用于国际列车的高级包房软卧车是两人包间,除设有一组上下层软铺外,还有一个软席坐椅,且每两个包间共用一个洗脸室。

中国制造的硬座车厢内景

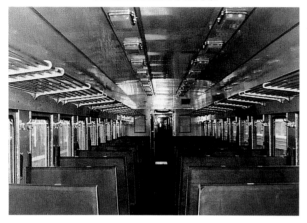

餐车内景一角

日本东海道车厢

中国 RW22 型软卧车

餐车是供旅客途中用餐的车辆,是长途客车上不可缺少的。餐车通常挂在列车中部。外表和普通客车一样,但车内却是另一番景象,有设备完善的厨房和宽敞明亮的餐室。餐室内一般设有 12 个餐桌,可容纳 48 人同时就餐。餐车厨房里配有炉灶、蒸饭箱、洗池、开水炉、冰箱及贮藏室等,应有尽有。

一般的客车都挂有行李车。大件行李、包裹及快件货物由行李车运送。行李车上设有行李间及行李员办公室等。

还有许多旅客列车挂有邮政车,供邮局运送信件、邮包、报刊用。我们平时收到的信,大部分就是由它运送的。

铁路客车还设有许多方便旅客的设备,比如照明、采暖、通风、空气调节、供电、卫生等设备。目前,我国正在大力发展空调列车。

为了在提高舒适度的同时增加载客量,人们又研制出了双层铁路客车。这种客车可以增加近一倍的座位,适于短途和远郊客运。

车　钩

转 向 架

中国双层客车

货 车

中国目前有 2/3 的货运量是由铁路运输的,铁路是我国货物运输的主力军。为了运输各种货物,铁路上准备了各种各样的货车,数量比客车还要多。早期的铁路货车是木质体的两轴车,载重量只有 12 吨。现代的货车有良好的金属结构车体,载重量不断增大。美国的四轴货车载重量可达 90.7 吨,而前苏联铁路的八轴敞车载重量达到了 125 吨以上。中国铁路早已淘汰了二轴车,四轴车载重量在 60～70 吨左右。

铁路货车传统上主要有敞车、棚车、平车、罐车和保温车五大类,它们统称为通用货车。随着社会生产的发展,对铁路运输又提出了各种新的要求,为适应这种情况,铁路货车在传统的货车基础上又发展出各种新型货车,用于某一种或几种特定货物的动输或者特殊条件下的运输。

敞车是铁路最常用的货车。没有顶盖,只有地板、侧壁和端壁。有的敞车在侧壁中部开有双扇外开侧门,既便于人工装卸货物,又可供叉车进出;有的敞车装有下侧门,便于卸下散粒货物;有的敞车在地板上设有底开门,用于卸下散装货物;还有的敞车在一端安装了旋转式车钩,不摘钩即可翻转卸车。敞车装运的东西非常广泛,可以装运成箱的,也可以装运砂石、煤炭、钢材,有的还可用来作为家畜车装运牛、马、猪等,必要时可盖上篷布作棚车用。

铁路常用的车辆还有一种叫棚车的货车,除了侧壁、端壁和车顶外,还有门和小窗户,适合装运粮食、日用品、贵重物品等怕日晒雨淋的货物。有的棚车也可以在运输紧张时,作简易客车输送人员,有的也可用于运输牲畜。近年来,随着集装箱及专用货车的发展,棚车的比重有所下降。

铁路平车主要用来装运原木、钢材、建筑材料等长型货物或集装箱等。平车只有地板,没有侧壁,更没有车顶。不过有的平车装有高 0.5～0.8 米可以放倒的侧板和端板,竖起时可以当敞车用,放下时,可以作平车装运比较大的机器、汽车或比较长的木材、钢铁等。

用来装运液体、气体或粉状货物的货车叫罐车。它像一个大铁筒似地躺在轨道上,上面设有进入孔,可以从这里装货,人也可以进出、清理内部。罐车底部装有排放装置。卸车时,把管子接在排放口上,液体货物便可从管子中流出来。为了安全,罐

平 车

敞 车

棚 车

车还装有安全阀等附属装置。罐车所装货物大多都是易燃品或危险有毒品，所以，罐车车体必须有足够的强度、刚度和耐腐蚀性。

通用车中还有一种就是保温车，也叫冷藏车，用于运送易腐货物。保温车外形很像棚车，全身装有隔热材料。车内有的有降温装置、有的有加温装置，是一种既能制冷、又能加温的车，既可以运送如鲜肉、鲜鱼等容易腐烂的货物，又可以运送像南方产的香蕉、菠萝等怕冷的东西。

铁路的专用货车是在通用车基础上派生出来的，主要有漏斗车、水泥车、长大货物车、集装箱平车、高压罐车等。漏斗车一般有两种：一种是由敞车派生出来的，用于装运散粒货物。它的端壁向内侧倾斜，车体下部装有纵向或横向的漏斗。还有一种有盖漏斗车是由棚车派生出来的，用于装运散装粮谷等怕湿的散装（粒）货物。

铁路上运送的货物有的又长又大，用普通货车无法装载，这时就要用到长大货物车。这种车车轮较普通货车多，车身也长，可以装载数十至数百吨的货物。

80年代以来，人们感到传统的货物运输从产地到销地，往往要经过多次的装车和卸车，不仅很麻烦，而且容易丢失、损坏，世界各国开始推行一种被叫做"门到门"运输的更有效的货运方式。这种运输方式主要使用集装箱，用统一规格的集装箱装载所运的货物，经过运输环节直接把货物卸在用户的仓库里。

机车车辆限界

为了保证机车车辆在铁路线路上安全运行，防止机车车辆撞击邻近线路的建筑物和设备，而对机车车辆和接近线路的建筑物、设备所规定的不允许超越的轮廓尺寸线，称为限界。机车车辆限界是机车车辆横断面的最大极限，它规定了机车车辆不同部位宽度、高度的最大尺寸和底部零件至轨道面的最小距离。

罐　车

保温车

漏斗车

集装箱平车

特种用途车

铁路客车和货车是为广大旅客和货主服务的，而铁路本身还有许多工作需要借助各种车辆来完成，因此铁路除了客车和货车外，还制造了许多办理自身业务用的各种特种用途车。

铁路在建设新线时，需要输送一定数量的道碴，这时就用到了配碴车。它还可以在维修旧线时，用来进行拢碴及清扫作业。配碴车是铁路新建和进行养护线路的大型特种用途车。铁路在铺设新线时，还要使用长钢轨车，来运送施工所需的长钢轨或回收旧钢轨。

中国北方冬季雪多，如果雪下得很大，在线路上积得很多，机车车辆从上面驶过，就会发生危险。为保证行车安全，就要使用除雪车，以便清除钢轨内外侧的积雪。

随着铁路电气化的发展，各种适用于电气化作业的特种用途车应运而生。电气化架线、安装作业车是电气化铁路接触网施工的作业车辆，主要用于

接触网的安装、调整、检修、冷滑试验以及架线、放线、紧线等作业。电气化铁路建设还用到一种叫轨道起重车的车辆，是在电气化铁路立杆作业时使用的，也可用于各种装卸作业。

还有一种特种用途车叫轨道车，它可以作为牵引动力用于专线调车，也可用于铁路施工运送人员及材料，有的轨道车车内还设有卧铺或座椅，可用作宿营车。

此外，铁路上常用的特种用途车还有检衡车、救援车、试验车、发电车等等。检衡车是用来检验轨道衡计量性能是否良好的车辆。轨道衡是铁路专门用来称量各种车辆重量的仪器，安装在钢轨上，车辆从上面经过后即可测量出重量来。因此，检衡车具有固定的标准质量，实际上是一种可在轨道上移动的大砝码。救援车是铁路必不可少的设备，在铁路发生列车脱轨、颠覆或线路遇到水害、塌方等事故时，要使用救援车来排除线路故障。铁路上还有一种供试验用的试验车，可以编组在列车内，在运行中测量和记录机车车辆及线路的各项性能参数。

起 重 车

除 雪 车

电气化铁路架线、安装作业车

铁 路 设 施

要完成运输全过程,除具备机车、车辆运输工具外,还必须有铁路线路、铁路车站、通信信号、机车车辆检修设备等基础设施。铁路线路是机车车辆和列车运行的基础。没有线路,铁路机车、车辆寸步难行。铁路车站则是办理旅客和货物运输的生产基地。在车站上,除办理旅客和货物运输的各项作业以外,还办理和列车运行有关的各项工作。为了行车安全,铁路还要设置各种各样的信号及通信设备,这些设备好像铁路运输的耳目,是保证列车运行安全和高效的重要手段。

线 路

线路的基本结构 说起来,轨道比机车要"老"得多。很久以前,人们为了解决泥土路交通的不便,有的地方就铺设过两条石道,供马车行驶。这样即使下雨天,道路阻力也不致太大。后来,在某些国家的煤矿区,出现了用木头做成两条平行的路,用小车将煤运出,这是世界上最原始的"轨道"。人们经过长时间研究得出结论:选择轨道材料应一方面摩擦力要小,另一方面还要耐磨,所以钢作为现代铁路的轨道材料得到了广泛的应用。轨道虽然为机车车辆提供了平坦的路面,并控制机车的运行方向,但轨道本身并不能保持平顺,也没有跨河、穿山的能力,必须有路基、桥梁和隧道为轨道服务,为轨道提供一个平坦的基础。所以,线路是铁路的最基本的设备,是机车车辆和列车运行的基础,它由路基、道床、轨枕和钢轨组成。

线路基本结构

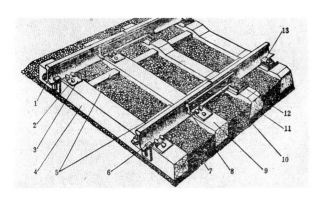

轨道的基本组成

1——钢轨；2——普通道钉；3——垫板；4,9——木枕

5——防爬撑；6——防爬器；7——道床；8——鱼尾板；

10——螺栓；11——钢筋混凝土轨枕；

12——扣板式中间联结零件；

13——弹片式中间联结零件。

注：图中画了多种类型扣件是为了示例之用，并非现场
线路中的实际使用情况。

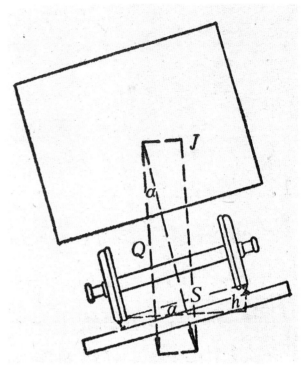

外轨超高示意图

中国察尔汗盐湖铁路　　　　　　　　　　**轨道构成**

列车如何拐弯　最理想的线路是既直又平的。而事实上，由于天然地形的复杂多变往往做不到，有时也是既不经济又不合理。因此现在的铁路线路平面上有曲线也就是弯道，纵断面上有坡度。列车在曲线上运行，由于离心力的作用会给列车造成一定的附加阻力，这种阻力叫做曲线阻力。为了减小这种阻力，通常是一方面在直线和圆曲线之间加一段缓和曲线，缓和曲线的半径是变化的，同直线衔接的一端半径为无穷大。这样，列车经过曲线时，离心力就可以逐渐增加或消失。另一方面，把曲线的外侧钢轨抬高一些，这个道理如同我们骑自行车拐弯时车身要向里倾斜一点是一样的。

"哐啷"声音是如何发生的　我们平时所说的轨道是指铺设在路基之上，直接承受机车车辆巨大压力的部分。它由道床、轨枕、钢轨、连接零件、防爬设备和道岔组成。路基是一个像马路一样的平台，是轨道的基础，直接承受轨道的重量。

铺设轨道的钢轨一般有 12.5 米和 25 米两种，每条钢轨之间留有一定缝隙，车辆经过缝隙时，会发出一定声音，这就是我们坐火车时为什么会听到"哐啷哐啷"的声音的原因。为使车辆运行更加平稳，人们将标准长度的钢轨焊接起来，铺成无缝线路。

两根钢轨头部同侧的距离叫轨距，轨距的大小，决定了机车车辆一根车轴上两个车轮的距离大小。二者必须严格配合，机车车辆才能安全运行。

钢轨能够非常牢固地"长"在地上，不仅需要路基的坚实，还要有大量的各种连接零件，将钢轨连接起来，并将钢轨紧扣在轨枕之上，同时还要用碎石道碴铺成的道床使它同路基地面相隔。最后，还必须装上防爬设备，防止钢轨产生纵向移动。

铁路线路从煤矿的木轨发展到现代的钢轨，质量不断提高。随着铁路电力机车的不断发展，许多铁路线路都开始电气化，在原线路上架设了电线网。同时，加固原有线路修建成重载铁路线。

道岔的作用　列车由一条轨道转到另一条轨道，必须有专门的装置将两条轨道连接起来，这个装置就叫做道岔。通过道岔，机车车辆可以从一股道转入另一股道。道岔有大有小，用数字表示。7 道岔号数代表道岔各部分主要尺寸，习惯上用辙叉角的余切表示。中国铁路一般使用 9、12、18 号三个型号道岔。

编　组　站

道　岔

车 站

车站俗称火车站,是铁路部门办理客、货运输业务和列车技术作业的场所。为了保证行车安全和必要的线路通过能力,铁路上每隔一定距离需要设置一个车站。车站将每一条铁路线划分为若干个长度不同的区间,车站成为相邻区间之间的分界点。我国铁路 1991 年有大小车站 5628 个,根据它们所担负的任务量及在政治、经济上的地位,共分为六个等级:特等站、Ⅰ、Ⅱ、Ⅲ、Ⅳ、Ⅴ 等站。

车站按作业性质可分为客运站、货运站和客货混合站。车站还可以按技术作业划分为编组站、区段站和中间站。

客运站除了办理旅客买票、上下车等业务外,还有行李包裹的运送,旅客列车到达、始发、技术检查等行车工作和客车整备作业。货运站主要是同货主打交道,办理货物的承运、支付、装卸以及货物列车到发、车辆取送等作业。编组站专门办理大量货物列车编组、解体和列车、车辆技术作业,是铁路运输的重要生产基地。大量装载货物的重车和卸货回送的空车,在这里汇集后被编成各种列车开往各自的目的地。可以说,编组站实际上是一个编组列车的工厂。而区段站主要办理列车机车换挂,为相邻铁路区段供应机车,进行技术检查以及对区段零担列车、小运转列车进行改编等作业。中间站作业比较少,主要是列车会让和越行作业。

北京站站景

通 信 信 号

火车的眼睛——信号　铁路列车的运行和调车作业必须服从信号的指挥,信号可以说是铁路列车运行和调车作业"无言"的指挥官,有关行车和调车人员必须执行信号显示的要求,以便保证安全和提高运输效率。铁路信号按人的感觉分为视觉信号和听觉信号两类。视觉信号是用信号机、信号灯、信号旗、信号牌、火炬等物体的形状、颜色、位置、数目等显示的信号。听觉信号主要是用号角、口笛、响墩等发生的声音表示的信号。我国铁路信号通常是用不同的颜色灯光或臂板位置等来显示的,并用红色、黄色和绿色作为信号的基本颜色,其意义同公路交通信号的意义相同。同时,以月白色、蓝色作为信号的辅助颜色。铁路信号机主要有臂板信号机和色灯信号机两种。目前,臂板信号机已逐渐被色灯信号机取代。

铁路信号还可以按设置地点分为车站信号(联锁)、区间信号(闭塞)、铁路行车指挥自动化和列车运行自动化。

为了保证列车在车站内安全运行以及调车作业的安全,铁路在各车站都要设置联锁设备。这种设备是在车站内有关道岔和信号机之间,以及信号机和信号机之间,建立一种互相制约的关系,通过这种制约关系来保证行车和调车安全。用于联锁的设备主要有电锁器联锁和电气集中联锁两类。电锁器联锁又因信号机使用不同而分为臂板电锁器联锁和色灯电锁器联锁。色灯电锁器联锁的安全和效率高于臂板电锁器联锁。操纵信号机用的信号按钮或手柄集中装在车站调度室的控制台上,当车站值班员通过控制台表示灯确认进路无误后,就可以直接开放有关信号,让列车通过或进站。电气集中联锁是通过电气集中控制台来控制列车运行,通过控制台上的光带和表示灯可以清楚地了解车场上各股道、道岔和信号的状态。

列车除去在车站停留和经过外,所有时间都在区间线路上运行。为了保证列车在区间内的运行安全,铁路还设置了一定的闭塞设备。闭塞是指为了防止单线铁路一个区间内同时进入两对对向运行

探照色灯信号机

单臂板信号机

三臂板信号机

的列车而发生正面冲突,以及避免两列同向运行的列车发生尾追事故,区间两端车站值班员在向区间发车前所必须办理的行车联络手续。闭塞设备的设置必须保证一个区间内,在同一时间里只能允许一列列车占用。我国闭塞方法主要有自动闭塞和半自动闭塞两种。

在半自动闭塞区间,列车进入区间的行车凭证是出站信号机的显示,只有在办好区间闭塞的条件下,出站信号机才能显示运行信号。自动闭塞是把区间划分为若干个闭塞分区,每个闭塞分区起点设置一个通过色灯信号机进行防护。在自动闭塞条件下,列车占用区间的凭证是出站信号机和闭塞分区的通过信号机。当一个闭塞分区被列车占用时,这一闭塞分区的入口信号机就自动关闭,其它列车就不能进入。

现代铁路运输载重大、数量多,行车速度不断提高,对铁路信号设备的要求越来越高。而电子计算机的广泛应用,为铁路运输的现代化提供了条件。行车自动化就是铁路运输现代化的一个方面。在铁路上,调度员是指挥行车的。以前,调度员是利用电话通过车站值班员间接指挥列车运行的。后来,安装了调度集中设备,调度员通过设置在调度所里的控制台就可以了解管内每个中间站的道岔位置、进路上设有机车车辆以及信号机的显示情况。但当列车很多时,调度员的工作仍很紧张。目前,许多先进国家将计算机应用于调度集中设备,代替调度员完成列车运行指挥的大部分工作,实现了调度工作的自动化。

另外,为了使机车司机在雾雨天、风雪天等恶劣气候条件下,仍能看到地面信号显示,人们在机车里安装了能够反映地面信号的机车信号,极大地方便了司机,提高了安全性。

铁路通信　由于铁路运输作业分散在铁路沿线各车站间和车场上,为了统一指挥和调度列车运行,组织运输生产和铁路建设,必须有一个迅速可靠的、四通八达的铁路通信系统。因此,铁路设有自成体系和性能比较完善的独立通讯系统。通过通信系统,将遍布在全国各铁路局的单位联系起来。铁路通信网可以说是铁路的神经系统。

铁路通信设备主要有:各种调度电话、专用电话、地区电话、长途电话、电报、列车预报电报、列车无线调度电话、站内无线调度电话等。

铁 路 等 级

铁路等级是铁路主要技术标准之一,是按铁路年输送能力和在铁路网中的作用等对铁路划定的等级。中国铁路共分为三级。Ⅰ级铁路是保证全国运输联系,具有重要政治、经济、国防意义,在铁路网中起骨干作用的铁路;Ⅱ级铁路具有一定的政治、经济、国防意义,在铁路网中起联络辅助作用;Ⅲ级铁路为某一地区服务,具有地方意义。

轨 缝

由于钢轨具有热胀冷缩的性质,为了使钢轨不至于在温度升高时因伸长而胀出轨道,就必须在钢轨之间留有一定的缝隙,即轨缝。

无 缝 线 路

无缝线路是把若干根标准长度的钢轨焊接成为每段长800～1000米的长钢轨线路,这样线路接头减少,行车平稳多了。为了克服无缝线路的热胀冷缩问题,一般都是采用特制的扣件和防爬设备把钢轨牢牢地固定在轨枕上。成千上万的扣件就好像无数双有力的手把钢轨紧紧拉住,任凭气温如何变化,钢轨也休想动弹。

轨 距

铁路轨道上两根钢轨头部内侧间的距离称为轨距。现在世界上各国铁路轨距不尽一致,大大小小的轨距不下30种,最大的达2140毫米,而最小的仅为310毫米。其中,1435毫米轨距的铁路最多,约占世界铁路总长度60%以上。1937年国际铁路协会作出决定,把1435毫米轨距叫做标准轨距,中国铁路基本上是标准轨距。

会 让 与 越 行

列车在铁路上来往运行,有时是不停地通过车站,有时要停在车站上,等对面开来的火车进了站再走,铁路上称之为"会让";有时,还需要让同方向来的后行列车进站后先走,这叫做"越行"。

新型倾斜式车体列车

未 来 铁 路

铁路作为陆上运输工具,生来就有长、大、重的优势,在长达一个世纪的时间里居于陆上运输的垄断地位。但20世纪以来,许多工业发达国家开始向交通运输多样化方向发展。随着汽车、航空和管道运输的迅速发展,铁路受到了很大的冲击,旅客运输逐渐被汽车运输所垄断。为了适应不断变化的形势,各国铁路开始冲破传统的模式,在充分满足货主和旅客的安全、准确、快速、方便、舒适方面下功夫,进行大规模的现代化技术改造,大力发展重载、高速铁路运输,并积极研究各种新型列车,为铁路增添了新的活力,使铁路在陆上运输中仍然发挥着重要的作用。展望未来,在新技术革命不断发展的时代,未来的铁路必然会有更新的面貌,以满足人们的需要。

城市铁路交通

各国铁路客运发展的共同趋势是高速、大密度,并向双层客车方向发展。为适应高速发展的需要,未来的铁路将更加积极发展高速电动车组、内燃车组和电力机车。

为解决城市交通的拥挤,未来铁路将向轻轨快速运输方向发展,市郊铁路与地下铁道、轻轨铁路紧密合作,它们可以共同使用一条线路,合用一个车站,组成大城市的快速轻轨交通系统。那时的火车车厢两壁和车顶也许全是透明的有机玻璃做的,人们在车上可以眺望沿途美景、欣赏蔚蓝色的天空。这种车厢内空气新鲜、四季如春,座位全部是活动软席,还设有俱乐部和图书馆,旅客还可以随时同亲友通话。可以说,各种设备应有尽有。

各种新型火车

独轨火车 独轨火车可以说是铁路家族中特殊的一员。它的出现比较早,可以算作老资格。由于目前一些国家城市交通量激增、交通污染问题日益严重,因此,独轨铁路将会越来越受到重视。独轨火车运行于架空的轨道梁上,不受地面交通干扰,且工程造价低廉、工期短,线路用地也少,具有很大的发展潜力。

独轨火车通常有两种形式:一种是悬吊式;一种是跨座式。悬吊式独轨火车车轮"吊"在轨道上,车厢悬在轨道下面,外观很像游览用的缆车。跨座式独轨火车是用充气胶轮在一根钢筋混凝土轨道梁上"骑"着运行,有时也采用钢制的轨道梁,每辆车的四角各垂下一条"腿",用横向胶轮靠在轨道梁的两侧,使车在运行中保持稳定。

磁悬浮列车 尽管高速铁路运行速度已达每小时 200 公里以上,但铁路科学家并不满足,由于传统铁路机车是通过轮子同钢轨的粘着力而前进的,这种轮轨粘着式铁路随着机车车辆速度的提高,轮轨间的粘着力会逐渐减小。同时,列车运行所

跨座式独轨火车

磁悬浮式列车

受阻力却会逐渐加大。因此,车速最多也只能达到300公里/小时。随着超导材料的诞生,人们利用磁性具有同性相斥的特点,在车厢和轨道上装上强大的磁体,让它们处于互相排斥的状态,从而将火车抬离轨道呈悬浮状。目前,我国和日本、德国、英、美等国都在积极研究这种车。日本的超导磁悬浮列车已经过载人试验,即将进入实用阶段,运行时速可达500公里以上。磁悬浮列车具有噪音小、振动轻微、对环境污染小、运行安全、舒适等特点,是未来铁路发展的主要方向。

对于磁悬浮列车,人们还设想建造一条真空隧道,让地铁车辆在电子磁力推动下保持在海平面行驶。这样,列车不仅可以在没有轮轨摩擦和空气阻力的条件下运行,更奇妙的是它还能利用地心引力来加速,列车在隧道中飞快地前进,成为"飞"车。

原子能机车　随着科学技术的不断发展,人们开始研究将原子能作为机车的"粮食"。原子能作为一种新能源具有广阔的发展前景。一旦技术和安全等方面的问题得以解决,那么铁路机车必然会增加原子能机车这一新成员。

铁路虽然只有100多年的历史,但它已经从古老的蒸汽机车发展成现代化的内燃机车、电力机车、电动车组以至未来的各种新型机车,从双轨到单轨,从地面到地下以至上天、下海,铁路在不断发展。明天的铁路,可以悬浮在轨道上"飞行",同飞机一样快速、舒适,也可以在地下穿来穿去,还可以进入海底畅游。未来的铁路,可以不用人来驾驶,人们可以利用计算机远距离控制火车的运行。我们相信,铁路将随着时代的列车不断地向前发展。